百部红色经典

赤都心史

瞿秋白 著

北京联合出版公司
Beijing United Publishing Co.,Ltd.

图书在版编目（CIP）数据

赤都心史 / 瞿秋白著. -- 北京：北京联合出版公司，2021.7（2022.9重印）
（百部红色经典）
ISBN 978-7-5596-5099-3

Ⅰ.①赤… Ⅱ.①瞿… Ⅲ.①散文集—中国—现代 Ⅳ.①I266

中国版本图书馆CIP数据核字(2021)第030931号

赤都心史

作　　者：瞿秋白
出 品 人：赵红仕
责任编辑：李　伟
封面设计：王　鑫

北京联合出版公司出版
（北京市西城区德外大街83号楼9层 100088）
北京新华先锋出版科技有限公司发行
北京温林源印刷有限公司印刷　新华书店经销
字数198千字　787毫米×1092毫米　1/16　14印张
2021年7月第1版　2022年9月第2次印刷
ISBN 978-7-5596-5099-3
定价：49.00元

版权所有，侵权必究
未经许可，不得以任何方式复制或抄袭本书部分或全部内容
本书若有质量问题，请与本社图书销售中心联系调换。电话：（010）88876681-8026

出版前言

为庆祝中国共产党成立100周年，全面展现中国共产党成立以来中华民族辉煌的发展历程、取得的伟大成就和宝贵经验，集中体现中华民族的文化创造力和生命力，北京联合出版公司策划了"百部红色经典"系列丛书，希望以文学的形式唱响礼赞新中国、奋斗新时代的昂扬旋律。

本套丛书收录了近一百年来，描绘我国人民在中国共产党的领导下艰苦奋斗、开拓创新、改革开放的壮美画卷，充分展现我国社会全方位变革、反映社会现实和人民主体地位、弘扬社会主义核心价值观、讴歌中华民族伟大复兴中国梦的100部文学经典力作。

本套丛书汇集了知侠、梁晓声、老舍、李心田、李广田、王愿坚、马烽、赵树理、孙犁、冯志、杨朔、刘白羽、浩然、李劼人、高云览、邱勋、靳以、韩少功、周梅森、石钟山等近百位具有代表性的中国现当代著名作家。入选作品中，有国民革命时期探索革命道路的《革命的信仰》《中国向何处去》，有描写抗日战争的《铁道游击队》《敌后武工队》《风云初记》《苦菜花》，有描绘解放战争历史画卷的《红嫂》《走向胜利》《新儿女英雄续传》，有展现新中国建设历程的《三里湾》《沸腾的群山》《激情燃烧的岁月》，有寻找和重建民族文化自信的《四面八方》，也有改革开放后反映中国社会现状、探索中国道路的《中国制造》，同时还收录了展现革命英雄人物光辉事迹的《刘胡兰传》《焦裕禄》《雷锋日记》等。

本套丛书讲述了丰富多样的中国故事，塑造了一大批深入人心的中国形象，奏响了昂扬奋进的中国旋律。这些经历了时间检验的文学作品，在艺术表现形式、文学叙述方式和创作技巧等方面都具有开拓性和创造性，作品的质量、品位、风格、内涵等方面都具有很高的水准，都是有筋骨、有道德、有温度的优秀作品，很多作家的作品都曾荣获"五个一工程奖""茅盾文学奖""鲁迅文学奖""国家图书奖"等奖项。

为将该套丛书打造成为集思想性、艺术性、时代性为一体，展现新时代文学艺术发展新风貌的精品图书，北京联合出版公司成立了由出版界、文学艺术界的资深专家和学者组成的编辑委员会。他们从文学作品的历史价值、文学价值、学术价值、现实意义等维度对作品进行了深入细致的研读和筛选，吸收并借鉴了广大读者的意见与建议，对入选作品进行深入细致的分析与综合评定，努力将"百部红色经典"系列丛书打造成为政治性、思想性和艺术性和谐统一的优秀读物，向伟大的中国共产党成立100周年这一光荣的日子献礼！

目 录

饿乡纪程

002 / 绪言
005 / 一
009 / 二
013 / 三
019 / 四
023 / 五
031 / 六
035 / 七
041 / 八
049 / 九
055 / 一〇
062 / 一一
067 / 一二
072 / 一三
077 / 一四
082 / 一五
086 / 一六
088 / 跋

赤都心史

092 / 序
094 / 一　黎明
097 / 二　无政府主义之祖国
100 / 三　兵燹与弦歌
103 / 四　秋意
104 / 五　公社
106 / 六　革命之反动
108 / 七　社会生活
110 / 八　"烦闷……"
112 / 九　"皓月"
113 / 一〇　"俄国式的社会主义"
115 / 一一　宗教的俄罗斯
117 / 一二　劳工复活
120 / 一三　"劳动者"
122 / 一四　"死人之家"的归客
125 / 一五　安琪儿
127 / 一六　贵族之巢

131 / 一七　莫斯科的赤潮
133 / 一八　列宁杜洛次基
135 / 一九　南国
137 / 二〇　官僚问题
139 / 二一　新资产阶级
141 / 二二　饥
143 / 二三　心灵之感受
146 / 二四　民族性
148 / 二五　"东方月"（中秋作）
150 / 二六　归欤
152 / 二七　智识劳动
154 / 二八　清田村游记
167 / 二九　"什么！"
170 / 三〇　赤色十月
173 / 三一　中国人
175 / 三二　家书
177 / 三三　"我"

179 / 三四 生存

182 / 三五 中国之"多余的人"

185 / 三六 "自然"

187 / 三七 离别

189 / 三八 一瞬

191 / 三九 Silentium（寂）

193 / 四〇 晓霞

196 / 四一 彼得之城

198 / 四二 俄雪

200 / 四三 美人之声

203 / 四四 阿弥陀佛

205 / 四五 新村

207 / 四六 海

208 / 四七 尧子河

210 / 四八 新的现实

213 / 四九 生活

饿乡纪程 [1]

---

[1] 本书收录的作品均为瞿秋白的代表作。其作品在字词使用和语言表达等方面均具有鲜明的时代特色。此次出版，根据作者早期版本进行编校，文字尽量保留原貌，编者基本不做更动。——编者注

绪言

　　阴沉沉，黑魆魆，寒风刺骨，腥秽污湿的所在，我有生以来，没见一点半点阳光，——我直到如今还不知道阳光是什么样的东西，——我在这样的地方，视觉本能几乎消失了；那里虽有香甜的食物，轻软的被褥，也只值得昏昏酣睡，醒来黑地里摸索着吃喝罢了。苦呢，说不得，乐呢，我向来不曾觉得，依恋着难舍难离，固然不必，赶快的挣扎着起来，可是又往那里去的好呢？——我不依恋，我也不决然舍离……然而心上究竟是个什么样的滋味呵！这才明白了！我住在这里我应当受，我该当。我虽然明白，我虽然知道，我"心头的奇异古怪的滋味"我总说不出来。"他"使我醒，他是一个不可思议的谜儿，他变成了一个"阴影"朝朝暮暮的守着我。我片刻不舍他，他片刻不舍我。这个阴影呵！他总在我眼前晃着——似乎要引起我的视觉。我眼睛早已花了，晕了，我何尝看得清楚。我知我们黑甜乡里的同伴，他们或者和我一样。他们的眼前也许有这同样的"阴影"。我问我的同伴，我希望他们给我解释。谁知道他们不睬我，不理我。我是可怜的人儿。他们呢，——或者和我一样，或者自以为很有幸福呢。只剩得和我同病相怜的人呵，苦得很哩！——我怎忍抛弃他们。我眼前的"阴影"不容我留恋，我又怎得不决然舍离此地。

同伴们，我亲爱的同伴们呵！请等着，不要慌。阴沉沉，黑魆魆的天地间，忽然放出一线微细的光明来了。同伴们，请等着。这就是所谓阳光，——来了。我们所看见的虽只一线，我想他必渐渐的发扬，快照遍我们的同胞，我们的兄弟。请等着罢。

唉！怎么等了许久，还只有这微微细细的一线光明，——空教我们看着眼眩——摇荡恍惚晞微一缕呢？难道他不愿意来，抑或是我们自己挡着他？我们久久成了半盲的人，虽有光明也领受不着？兄弟们，预备着。倘若你们不因为久处黑暗，怕他眩眼，我去拨开重障，放他进来。兄弟们应当明白了，尽等着是不中用的，须得自己动手。怎么样？难道你们以为我自己说，眼前有个"阴影"，见神见鬼似的，好象是一个疯子，——因此你们竟不信我么？唉！那"阴影"鬼使神差的指使着我，那"阴影"在前面引着我。他引着我，他亦是为你们呵！

灿烂庄严，光明鲜艳，向来没有看见的阳光，居然露出一线，那"阴影"跟随着他，领导着我。一线的光明！一线的光明，血也似的红，就此一线便照遍了大千世界。遍地的红花染着战血，就放出晚霞朝雾似的红光，鲜艳艳地耀着。宇宙虽大，也快要被他笼罩遍了。"红"的色彩，好不使人烦恼！我想比黑暗的"黑"多少总含些生意。并且黑暗久了，骤然遇见光明，难免不眼花撩乱，自然只能先看见红色。光明的究竟，我想决不是纯粹红光。他必定会渐渐的转过来，结果总得恢复我们视觉本能所能见的色彩。——这也许是疯话。

世界上对待疯子，无论怎么样不好，总不算得酷虐。我既挣扎着起来，跟着我的"阴影"，舍弃了黑甜乡里的美食甘寝，想必大家都以为我是疯子了。那还有什么话可说！我知道：乌沉沉甘食美衣的所在——是黑甜乡；红艳艳光明鲜丽的所在——是你们罚疯子住的地方，这就当然是冰天雪窖饥寒交迫的去处（却还不十分酷虐），我且叫他"饿乡"。我没有法想了。"阴影"领我去，我不得不去。你们罚我这个疯子，我不得不受罚。我决不忘记你们，我总想为大家辟一条光明的路。我愿去，我不得不去。我现在挣扎起来了，我往饿乡去了！

一九二〇,十一,四。哈尔滨。

一

无涯

蒙昧也人生！
　　霎时间浮光掠影。
晓凉凉露凝，
　　初日熹微已如病。

露消露凝，人生奇秘。
　　却不见溪流无尽藏意；
却不见大气潆洄有无微。
　　罅隙里，领会否，个中意味？

"我"无限。"人"无限。
　　笑怒哀乐未厌，
漫天痛苦谁念，

　　　　倒悬待解何年？

　　知否？知否？倒悬待解，
　　　　自解解人也；
　　　　彻悟，彻悟，饿乡去也，
　　　　饿乡将无涯。
　　　　　　　　　　一九二〇，十二，一，哈尔滨。

　　山东济南大明湖畔，黯黯的灯光，草棚底下，一张小圆桌旁，坐着三个人，残肴剩酒还觑着他们，似乎可惜他们已经兴致索然，不再动箸光顾光顾。……其中一个老者，风尘憔悴的容貌，越显着蔼然可亲，对着一位少年说道："你这一去……随处自去小心，现在世界交通便利，几万里的远路，也不算什么生离死别……只要你自己不要忘记自身的职务。你仔肩很重呵！……"那少年答应着站起来。其时新月初上，照着湖上水云相映，萧萧的芦柳，和着草棚边乱藤蔓葛，都飕飕作响。三人都已走过来，沿着湖边，随意散步，秋凉夜深时，未免有些寒意。对着这种凄凉的境界，又是远别在即，叫人何以为情呢？

　　我离中国之前，同着云弟垚弟住在北京纯白大哥家里已经三个年头；我既决定要到俄国去，大约预备了些事物，已经大概妥当之后，就到济南拜别我父亲。从我母亲去世之后，一家星散，东飘西零，我兄弟三个住在北京，还有两弟一妹住在杭州四伯父跟前，父亲一人在山东。纯哥在京虽有职务，收入也很少。四伯做官几十年，清风两袖，现时中国官场，更于他不适宜，而在中国大家庭制度之下，又不得不养育全家，因此生活艰难得很。我亲近的支派家境既然如此，我们弟兄还不能独立，窘急的状况也就可想而知。所以我父亲只能一人住在山东知己朋友家里，教书糊口。在中国这样社会之中既没有阔亲戚，又没有钻营的本领，况且中国畸形的社会生活使人失去一切的可能，年纪已近半百，忧煎病迫，社会还要责备他尽什么他所能尽的责任呢？我有能力，还要求发展，四围的环境既然如此，我再追想追想他的缘故，这问题真太复杂了。我要求改变环境：去发展个性，求一个"中国问题"的相当解决，——略尽一分引导中国社会新生路的责任。"将来"里的生命，"生命"里的将来，使我不得不忍耐"现在"的隐痛，含泪暂别我的旧社会。我所以决定到俄国去走一走。我因此到济南辞别我亲爱不忍舍的父亲。

当那夜大明湖畔小酒馆晚膳之后，我父亲的朋友同着我父亲和我，回到他家里去。父亲和我同榻，整整谈了半夜，明天一早就别了他上火车进京。从此不知道什么时候才能相见呢！

济南车站上，那天人不大多，待车室里只有三四个人。待车室外月台上却有好些苦力，喘息着。推车的穷人，拖男带女的背着大麻布包，破笼破箱里总露着褴褛不堪的裙子衣服。我在窗子里看着他们吸烟谈笑，听来似乎有些是逃荒出去的，——山东那年亦是灾区之一。——有的说，买车票钱短了两毛，幸而一位有良心的老爷赏给我半块钱，不然怎能到天津去找哥哥嫂嫂，难道饿死在济南破屋子里么？又有一个女人嚷着："买票的地方挤得要死，我请巡警老爷替我买了，他却要扣我四毛钱，叫我在车上拿什么买油果子吃呢！"——"怎么回事……"忽听着有人说，火车快来了。我回头看一看，安乐椅上躺着的一位"小老爷"，戴着一副金丝眼镜，上身一件半新不旧的玄色缎马褂，脚上缎鞋头上已经破了两个小窟窿，正跷着两腿在那里看北京《顺天时报》上的总统命令呢。我当时推门走出待车室。远看着火车头里的烟烘烘的冒着，只见一条长龙似的穿林过树的从南边来了。其时是初秋的清早，北地已经天高风紧，和蔼可亲的朝日，虽然含笑安慰我们一班行色匆匆的旅客，我却觉得寒风飕飕有些冷意，看看他们一些难民，身上穿的比我少得多，倒也不觉得怎么样冷。火车来了。我从月台桥上走过，看见有一面旗帜，写着"北京学生联合会灾区调查团"，我想他们来调查灾区，——也算是社会事业的开始。——也许有我们"往民间去"的相识的同志在内。过去一看，只见几个学生，有背着照相架的，有拿着钞本簿籍的，却一个也没有相熟的。火车快开，也就不及招呼，一走上车了。

我坐的一辆车里，只五六个人。中间躺着两个人：一个是英国工头模样，一个广东女人，他的妻子，两人看来是搭浦口天津通车到天津去的。英国人和他妻子谈着广东话，我一句也不懂。停一忽儿，茶房来向他们说了几句话，意思是说，今天火车到天津了，讨几个酒钱。英国人给他一块钱。茶房嫌少，不肯接。英国人发作起来，打着很好的上海话说道："你们惯欺外国人！你可得明白，我在中国住了三十多年，什么事我不知道！为什么两个人必得给你两块钱？不要就算了。"我听得奇怪，——这种现象，于中英两民族交接的实况上很有些价值，因和他攀谈攀谈，原来他也是进京，就那东城三条胡同美国人建筑医院的豫王府工程处的工头之职，谈起来，他还很会说几句北京话呢。

一人坐在车里，寂寞得很，英国人又躺下睡着了。我呆呆的坐着思前想后，也很乏味，随手翻开一本陶渊明的诗集，看了几页又放下了。觉着无聊，站起来凭窗闲望。半阴半晴的天气，烟云飞舞，一片秋原，草木着霜，已经带了些微黄，田地里禾麦疏疏朗朗，显得很枯瘠似的，想起江南的风物，究竟是地理上文化上得天赋较厚呵。火车的轮机声，打断我的思潮，车里却静悄悄地，只看着窗外凄凉的天色似乎有些雨意，还有那云山草木的"天然"在我的眼前如飞似掠不断的往后退走，心上念念不已，悲凉感慨，不知怎样觉得人生孤寂得很。猛然看见路旁经过一个小村子，隐约看见一家父子母女同在茅舍门口吃早饭呢。不由得想起我与父亲远别，重逢的时节也不知道在何年何月，家道又如此，真正叫人想起我们常州诗人黄仲则的名句来："惨惨柴门风雪夜，此时有子不如无。"……

这天当夜到天津，第二天就进京，行期快了。其时正是一九二〇年十月初旬光景。

二

　　生活也好似行程。青山绿水，本来山阴道上，应接不暇。疾风迅雷，清阴暖日，就是平平常常一时一节的心绪，也有几多自然现象的反映。何况自然现象比社会现象简单的多，离人生远得多。社会现象吞没了个性，好一似洪炉大冶，熔化锻炼千万钧的金锡，又好象长江大河，滚滚而下，旁流齐汇，泥沙毕集，任你鱼龙变化，也逃不出这河流域以外。这"生命的大流"虚涵万象，自然流转，其中各流各支，甚至于一波一浪，也在那里努力求突出的生活，因此各相搏击洴涌，转变万千，而他们——各个的分体，整个的总体——都不知道自己，不知道自己的转变在空间时间中生出什么价值。只是蒙昧的"动"，好象随"第三者"的指导，愈走愈远，无尽无穷。——如此的行程已经几千万年了。

　　人生在这"生命的大流"里，要求个性的自觉（意识），岂不是梦话！然而宇宙间的"活力"，那"第三者"，普遍圆满，暗地里作不动不静的造化者，人类心灵的谐和，环境的应响，证实天地间的真理。况且"他"是"活力"，不流转而流转，自然显露，不着相而着相，自然映照。他在个性之中有，社会之中亦有，非个性有，非社会有，——似乎是"第三者"而非第三者。

"生命大流"的段落，不能见的，如其能见，只有世间生死的妄执，他的流转是不断的；社会现象，仍仍相因，层层衔接，不与我们一明切的对象，人生在他中间，为他所包涵，意识（觉）的广狭不论，总在他之中，猛一看来，好象是完全汩没于他之内。——不能认识他。能认识他的，必定得暂舍个性的本位。——取第三者的地位："生命大流"本身没有段落，可以横截他一断；社会现象不可认识，有个性的应和响；心灵的动力不可见，有环境为其征象。

在镜子里看影子，虽然不是真实的……可是真实的在那里？……

"人生都是社会现象的痕迹，社会现象都是人生反映的蜃楼。"社会吞没了一切，一切都随他自流自转。我如其以要求"突出生活"的意象想侵犯"社会"的城壁，要刻画社会现象的痕迹，要……，人家或者断定我是神经过敏了。

中国社会组织，有几千年惰性化的（历史学上又谓之迟缓律）经济现象做他的基础。家族生产制，及治者阶级的寇盗（帝皇）与半治者阶级的"士"之政治统治包括尽了一部"二十四史"。中国周围的野蛮民族，侵入中国文化，使中国屡次往后退，农业生产制渐渐发达，资本流通状态渐渐迁移，刚有些眉目，必然猛又遇着游牧民族的阻滞。历史的迟缓律因此更增其效力。最近一世纪，已经久入睡乡的中国，才瞢瞢瞳瞳由海外灯塔上得些微光，汽船上的汽笛唤醒他的痴梦，汽车上的轮机触痛他的心肺。旧的家族生产制快打破了。旧的"士的阶级"，尤其不得不破产了。畸形的社会组织，因经济基础的动摇，尤其颠危簸荡紊乱不堪。

我的诞生地，就在这颠危簸荡的社会组织中破产的"士的阶级"之一家族里。这种最畸形的社会地位，濒于破产死灭的一种病的状态，绝对和我心灵的"内的要求"相矛盾。于是痛，苦，愁，惨，与我生以俱来。我家因社会地位的根本动摇，随着时代的潮流，真正的破产了。"穷"不是偶然的，虽然因家族制的维系，亲戚相维持，也只如万丈波涛中的破船，其中名说是同舟共济的人，仅只能有牵衣悲泣的哀情，抱头痛哭的下策，谁救得谁呢？我母亲已经为"穷"所驱逐出宇宙之外，我父亲也只是这"穷"的遗物。我的心性，在这几几乎类似游民的无产阶级（lumpen proletariat）的社会地位中，融陶铸炼成了什么样子我也不能知道。只是那垂死的家族制之苦痛，在几度的回光返照的时候，映射在我心里，影响于我生活，成一不可灭的影象，洞穿我的心胸，震颤我的肺肝，积一深沉的声浪，在这蜃楼海市的社会里；不久且穿透了万重疑网反射出一心苗的光焰来。

我幼时的环境完全在破产的大家族制度的反映里。大家族制最近的状态，先则震颤动摇，后则渐就模糊澌灭。我单就见闻所及以至于亲自参与的中国垂死的家族制度之一种社会现象而论，只看见这种过程，一天一天走得紧起来。好的呢，人人过一种枯寂无生意的生活。坏的呢，人人——家族中的分子，兄弟，父子，姑嫂，叔伯，——因经济利益的冲突，家庭维系——夫妻情爱关系——的不牢固，都面面相觑戴着孔教的假面具，背地里嫉恨怨怫诅咒毒害，无所不至。"人与人的关系"已在我心中成了一绝大的问题。人生的意义，昏昧极了。我心灵里虽有和谐的弦，弹不出和谐的调。……

我幼时虽有慈母的扶育怜爱；虽有江南风物，清山秀水，松江的鲈鱼，西乡的菘菜，为我营养；虽有豆棚瓜架草虫的天籁，晓风残月诗人的新意，怡悦我的性情；虽亦有耳鬓厮磨哝哝情话，亦即亦离的恋爱，安慰我的心灵；良朋密友，有情意的亲戚，温情厚意的抚恤，——现在都成一梦了。虽然如此呵！惨酷的社会，好象严厉的算术教授给了我一极难的天文学算题，闷闷的不能解决；我牢锁在心灵的监狱里。"内的要求"驱使我，——悲惨的环境，几乎没有把我变成冷酷不仁的"畸零之人"，——我决然忍心舍弃老父及兄弟姊妹亲友而西去了。

三

  小小的院落，疏疏的闲花闲草，清早带些微霜，好象一任晓风飐拂摇移，感慨有些别意，仿佛知道，这窗中人快要离他们远去万里了。北京四年枯寂的生涯，这小小的院落容我低徊俯仰，也值得留一纪念，如今眼看别离在即，旧生涯且将告一段落，我也当有以安慰安慰这院落中的旧伴呵。可是呢。……我没离故乡之前，常州红梅阁的翠竹野花，环溪的清流禾稼，也曾托我的奇思遐想。母亲去世，一家星散，我只身由吴而鄂，由鄂而燕。黄陂铁锁龙潭的清波皓月，也曾使我低徊留恋；以至于北京南湾子头的新柳，丝丝的纤影，几番几次拂拭我的悲怀诗思。我又何独对于这小院落中奄奄的秋花格外深情呢？"自然"向不吝啬他自己的"美"，也未必更须对我卖弄，——我只须能尽量享用，印取他的"美"意，自慰偏枯悲涩的心怀，离别便离别，一切不过"如是而已"。

  我离山东回到北京之后，匆匆的整理行装，早夜疲乏，清晨起来没精打彩的坐着，不知道辜负了这小院秋花的多少好意。我纯哥的家庭，融融泄泄，安闲恬静的生涯虽说不得，隐隐地森严规律的气象，点缀些花草的闲情雅意，也留我许多感想。我因远别在即，黄昏时归来就同哥嫂家常闲话，在北京整整的住了四年，虽纯哥是按"家族的旧道德"培植扶助我，我又被"新时代的自由神"移易了心性，不能纯然坐在"旧"的监狱里，或者有和他反背的意见，——纯哥当初竭力反对我到俄国去，以为自趋绝地，我却不是为生乃是为死而走，论点根本不同，也就不肯屈从，——到现在一切都已决定，纯哥亦就不说什么，勉励我到俄国后专门研究学问，不要半途而辍。兄弟的情分，平常时很觉泛泛，如今却又有些难舍。——人生生活的剧烈变更，每每使心理现象，出于常规，向一方面特别发展。我去国未决定以前，理智强烈，已决定后，情感舒展伸长，这一时期中总觉得低徊感慨之不尽。然而走是已决定走的了。我这次"去国"的意义，差不多同"出世"一样，一切琐琐屑屑"世间"的事，都得作一小结束，得略略从头至尾整理一番。哥嫂的谈话，在家事上也帮助我不少。

应整顿的事繁琐得很。母亲死时遗下的债务须得暂时有个交托，——破产的"士的阶级"大半生活筑在债台上，又得保持旧的"体面"，不让说是无赖呵！——旧时诗古文词稿，虽则已经视如敝屣，父亲却要他做个纪念，须得整理出来；幼时的小伴，阔别已经好几年，远在江南，不能握别，须得写封信告辞。总之当时就知道俄国远处万里，交通梗塞，而且我想一去不知道甚时才能回来（生命于我无所重轻），暂时须得象永告诀别似的，完一番"人间的"手续。于是抽出这几天晚上整理整理。

儿时的旧伴，都已星散了，谁还管得谁？然而我写信时，使我忆及我一少寡的表姊。他现在只他一人同一遗腹子孤苦伶仃的住在母家，我姑母受儿媳的供养已是很为难，何尝能好好周顾到他呢。姑母家是地主，然而生活程度随着渐渐欧化的城市生活增高，农业生产，却因不能把他随着生活程度增高的雇工价值核计，不会处置变态中的农地生产资本，而且新由大家族经济变成个人经济，顿然现出濒于破产的现象。于是我表姊的寄生中之寄生生涯，精神苦痛不可言喻。还有一个表姊，从小没有母亲，和我一处长大的，他家亦是破产的"士的阶级"，丈夫是小学教员，儿女非常的多，非但自己创不起小家庭，还非得遵从家族经济的原则，所谓仰事俯蓄，艰难得很。我表姊感着"中国妇女的痛苦"，每每对于生活起疑问。他又何尝能解决他呢？

夜深人静，灯光黯黯的笼罩着人的愁思。晚风挟着寒意，时时到窗隙里来探刺。握着笔要写又写不下去：旧话重提有什么意味？生活困难，心绪恶劣，要想得亲近人的慰藉，这也是人情，可是从何说起！亲人的空言虽比仇人的礼物好，究竟无益于事。况且我的亲友各有自己阶级的人生观，照实说来，又恐话不投机，徒然枉费。中国的社会生活，好象朦胧晓梦，模糊得很。人人只知道"时乖命蹇"，那知生活的帐子里有巨大的毒虫以至于蚊蚋，争相吸取他们的精血呢？大千世界生命的疑问不必提起。各人吃饭问题的背后，都有世界经济现象映着，——好象一巨大的魔鬼尽着在他们所加上去的正数旁边画负号呢。他们怎能明白！我又怎能一一的与以慰藉！……几封诀别的信总算写完了。

我记得，我过天津的时候，到亲戚家去，主人是我世交，又是我表姊丈。他们知道我有远行，开瓶白兰地酒痛饮半宵。我这位表姊，本是家乡的名美人，现在他饱经世变，家庭生活的苦痛已经如狂风骤雨扫净了春意。那天酒酣耳热，大家吃着茶，对着烟灯谈话。表姊丈指着烟盘道："我一月赚着五六十块钱，这东西倒要去掉我六十元。你看怎么过？"表姊道："他先前行医也还赚几个额外的钱。他却懒得什么似的，爱去不去，生意怎么能好？铁路局里面的事情，还是好容易靠着我们常州'大好老'（这是常州话，指京里的大官说的）的面子弄着的，他也是一天去，两天不去。事情弄掉了，看怎么样！……"他女儿丰儿忽然插话对我说道："双舅舅，双舅舅。你同我上北京去罢？去看三姨，三姨上次来我家里，和娘娘谈天，后来不知道怎么还淌眼泪来呢。……"茶已经吃完了，烟也抽了不少了。我的醉意也渐渐醒了。……那天从他们家里回客栈，不知怎么，天津的街市也似乎格外凄凉似的。……

我记得，北京西城一小公寓，短短的土墙，纸糊的窗格，院子里乱砌着鸡冠凤仙花，一见着就觉得一种极勉强极勉强的城市生活的光景。我那天去看亲戚，进了他的屋子，什物虽收拾得整整齐齐，地方究竟太窄些。我告诉了我这表舅母快要到俄国去的话。他道："这样亦好。你母亲一世愁穷，可惜等你学好了本事，他再也看不见了。"我道："这也罢了！我是很爱学的。穷迫得紧，几几乎没有饿死，学不成学得成又是一事。一点希望本只在自己。第一次从常州出门求学，亏得你当了当头借给我川资。这次出去求学，也刚巧借着了钱。究竟穷是什么事，暂且不放他在心上。……"我去国的志愿究竟在什么地方，不能表示出来，现在中国社会思想，截然分了两个世界，新旧的了解是不可能的。——表舅母接着问道："你在天津看你二表姊去没有？他姑爷还吸鸦片么？"我道："怎么不吸？"他叹道："象我们这样丝毫没有的人家也不用说了。他们这般公子少爷，有了财产拼命浪费；——也难怪他，他父亲不会教训，和儿子是一样的货。'有'的时候，不知道上进。现在'没'了，看怎么样。他却还吸烟！现今还比得从前吗？……象你表舅，从小没钱求学。现在一家两口，东飘西走，一月进款三四十元，够什么！这个那个小机关上的小官员，如此景况的人成千成万。现在的世界，真不知道是什么世界！……"接着又问道："三小姐到京了，你去看他没有？"我说我看见过了。他道："三小姐这桩亲事，真正……小孩子时候就定亲许人家，最坏事。幸而他们夫妻还亲爱。不过姑爷中文都不大好，又不能做什么事，生计是……将来很艰难呵。……"

我记得，我心灵里清纯洁白一点爱性，已经经过悱恻缠绵的一番锻炼。如今好象残秋垂柳，着了严霜，奄奄地没有什么生意了。枯寂的生活，别有安闲的乐趣。然而外界偶然又有感触，即使一片云影，几朵落花，也能震动我的心神。我的心神现在虽已在别一个世界，依旧是……何况，这又和旧时代的精神密切相关，是旧社会生活的遗迹，感动了我别方面的感慨,更深了我的"人与人之关系"的疑问呢?……这一天,我看三妹去,他说:"我刚从南边来,你又要到北边去了!……我一个人离母家这样远,此地好象另一世界似的。满北京只有一两个熟人。西城的你的表舅母,却到我这里来过了,你近来看见他没有?他是我们家乡旧时的熟人。我总盼望他来谈谈话。……冷静得教人烦闷。家里母亲大姊不知道怎样?他(指他的新婿而言)又懒,我又不会写信,你替我写封信给你姑母和天津的二姊罢。……你几时动身到俄国去,俄国离中国有多远,在什么地方呢?……"我答道:"我大概一两礼拜后就走。你有空到纯哥那里看看,明后天我在家。……信,容易得很,我写就是了。我在天津,看见二姊,丰儿要想到北京来看你呢。呀!时光过得真快,丰儿都这样大了。我们一别,不是四五年了么?现在又得分手,人生还不是驿站似的。……"半晌大家不言语。我无意的说道:"妹婿要能在什么衙门或是银行找个事情才好,三妹,你看怎么样?"他道:"自然呢!不过我也不知道要怎样托托人情才行。我真为难,我还不过是一个小孩子,现在样样事要担些斤量,怎么样好?"我答道:"不要紧,事情慢慢的找就是了,一切不知道的,你可以去问问纯哥纯嫂。"——做新妇的时代,是中国妇女一生一世的紧要关头。——"你的小叔子,小姑娘还算是好的。"他道:"也就这样罢了。想起我们那时在环溪,乡下地方,成天的一块儿玩,什么亦不管……"我这天去看他,本想早些回家,不知不觉谈到黄昏时候。北京城南本来荒僻,我从他那里回家到东城,路却不少。出了他们大门,正是秋夜时分,龙泉寺边的深林丛树时时送出秋声,一阵一阵萧萧的大有雨意,也似催人离别。满天黑云如墨,只听得地上半枯的秋草,飕飕作响。那条街上,人差不多已经静了,只有一星两星洋车上的车灯,远远近近的晃着。远看正阳门畔三四层的高洋房,电光雪亮的耀着……

过去的留恋,心理现象情绪中的自然状态,影响于人的个性却也不少。况且旧社会一幅一幅的画呈显于吾人之前，又是我们所要解决的社会问题的对象。个性的突变没有不受社会环境的反映的。可是呢，"过去的留恋"呵，你究竟和我的将来有什么印象，可以在心灵里占一不上不下的位置呢？我现在是万缘俱寂，一心另有归向了。一挥手，决然就走！

四

  二十世纪的开始，是我诞生的时候，正是中国史上的新纪元。中国香甜安逸的春梦渐渐惊醒过来，一看已是日上三竿，还懒懒的朦胧双眼欠伸着不肯起来呢。从我七八岁时，中国社会已经大大的震颠动摇之后，那疾然翻复变更的倾向，已是猛不可当，非常之明显了。幼年的社会生活受这影响不小，我已不是完全中国文化的产物；更加以经济生活的揉挪，万千变化都在此中融化，我不过此中一份而已。
  二十年来思想激变，一九一一年的革命证明中国旧社会的破产。可惜，因中国五十年的殖民地化使中国资产阶级抑压他的内力，游民的无产阶级大显其功能，成就了那革命后中国社会畸形的变态。资产阶级"自由平等"的革命，只赚着一舆台奴婢匪徒寇盗的独裁制。"自由""平等""民权"的口头禅，在大多数社会思想里，即使不生复古的反动思潮，也就为人所厌闻，——一激而成厌世的人生观：或是有托而逃，寻较远于政治科学的安顿心灵所在，或是竟顺流忘反，成绮语淫话的烂小说生涯。所以当我受欧化的中学教育时候，正值江南文学思想破产的机会。所谓"欧化"——死的科学教育——敌不过现实的政治恶象的激刺，流动的文学思潮的堕落。我江苏第五中学的同学，扬州任氏兄弟及宜兴吴炳文都和我处同样的环境，大家不期然而然同时"名士化"，始而研究诗古文词，继而讨究经籍；大家还以"性灵"相尚，友谊的结合无形之中得一种旁面的训育。然而当时是和社会隔离的。后来我因母亲去世，家庭消灭，跳出去社会里营生，更发见了无量无数的"？"。和我的好友都分散了。来一穷乡僻壤，无锡乡村里，当国民学校校长，精神上判了无期徒刑。所以当时虽然正是袁世凯做皇帝梦的时候，政治思想绝对不动我的心怀。思想复古，人生观只在于"避世"。

　　唯心的厌世梦是做不长的。经济生活的要求使我寻扬子江而西。旧游的瓜洲，恶化的秦淮，长河的落日，皖赣的江树，和着茫无涯涘的波光，沉着浑噩的波声，渗洗我的心性，舒畅我的郁积，到武昌寻着了纯哥，饥渴似的智识欲又有一线可以充足的希望。——饭碗问题间接的解决法。同时却又到黄陂会见表兄周均量，诗词的研究更深入一层；他能辅助我的，不但在此，政治问题也渐渐由他而入我们的谈资。然而他一方面引起我旧时研究佛学的兴趣，又把那社会问题的政治解决那一点萌芽折了。这三四个月的旅行，经济生活的要求虽丝毫没有满足，而心灵上却渐渐得一安顿的"境界"。从此别了均量又到北京，抱着入大学研究的目的。当时家庭已经破碎，别无牵挂，——直到如今；——然而东奔西走，象盲蝇乱投要求生活的出路，而不知道自己是破产的"士的阶级"社会中之一社会现象呵！

　　从入北京到五四运动之前，共三年，是我最枯寂的生涯。友朋的交际可以说绝对的断绝。北京城里新官僚"民国"的生活使我受一重大的痛苦激刺。厌世观的哲学思想随着我这三年研究哲学的程度而增高。然而这"厌世观"已经和我以前的"避世观"不相同。渐渐的心灵现象起了变化。因研究国故感受兴趣，而有就今文学再生而为整理国故的志向；因研究佛学试解人生问题，而有就菩萨行而为佛教人间化的愿心。这虽是大言不惭的空愿，然而却足以说明我当时孤独生活中的"二元的人生观"。一部分的生活经营我"世间的"责任,为自立生计的预备;一部分的生活努力于"出世间"的功德,做以文化救中国的功夫。我的进俄文专修馆,而同时为哲学研究不辍,一天工作十一小时以上的刻苦生涯,就是这种人生观的表现。当时一切社会生活都在我心灵之外。学俄文是为吃饭的,然而当时吃的饭是我堂阿哥的,不是我的。这寄生生涯,已经时时重新触动我社会问题的疑问——"人与人之关系的疑问"。

菩萨行的人生观,无常的社会观渐渐指导我一光明的路。五四运动陡然爆发,我于是卷入旋涡。孤寂的生活打破了。最初北京社会服务会的同志:我叔叔瞿菊农,温州郑振铎,上海耿济之,湖州张昭德(后两位是我俄文馆的同学),都和我一样,抱着不可思议的"热烈"参与学生运动。我们处于社会生活之中,还只知道社会中了无名毒症,不知道怎么样医治,——学生运动的意义是如此,——单由自己的体验,那不安的感觉再也藏不住了。有"变"的要求,就突然爆发,暂且先与社会以一震惊的激刺,——克鲁扑德金说:一次暴动胜于数千百万册书报。同时经八九年中国社会现象的反动,《新青年》《新潮》所表现的思潮变动,趁着学生运动中社会心理的倾向,起翻天的巨浪,摇荡全中国。当时爱国运动的意义,绝不能望文生义的去解释他。中国民族几十年受剥削,到今日才感受殖民地化的况味。帝国主义压迫的切骨的痛苦,触醒了空泛的民主主义的噩梦。学生运动的引子,山东问题,本来就包括在这里。工业先进国的现代问题是资本主义,在殖民地上就是帝国主义,所以学生运动倏然一变而倾向于社会主义,就是这个原因。况且家族农业经济破产,旧社会组织失了他的根据地,于是社会问题更复杂了。从孔教问题,妇女问题一直到劳动问题,社会改造问题;从文字上的文学问题一直到人生观的哲学问题;都在这一时期兴起,萦绕着新时代的中国社会思想。

我和菊农,振铎,济之等同志组织《新社会》旬刊。于是我的思想第一次与社会生活接触。而且学生运动中所受的一番社会的教训,使我更明白"社会"的意义。社会主义的讨论，常常引起我们无限的兴味。然而究竟如俄国十九世纪四十年代的青年思想似的，模糊影响，隔着纱窗看晓雾，社会主义流派，社会主义意义都是纷乱，不十分清晰的。正如久壅的水闸，一旦开放，旁流杂出，虽是喷沫鸣溅，究不曾自定出流的方向。其时一般的社会思想大半都是如此。我以研究哲学的积习，根本疑及当时社会思想的"思想方法"。所以我曾说："现在大家，你说我主张过激，我说你太不彻底，都是枉然的……究竟每一件东西，既是我们的研究对象，就得认个清楚；主观客观的混淆，使你一百年也不能解决一个小小的问题。……"虽然如此，我们中当时固然没有真正的"社会党"，然而中国政府，旧派的垂死的死神，见着"外国的货色"——"社会"两个字，就吓得头晕眼花，一概认为"过激派"，"布尔塞维克"，"洪水猛兽"——于是我们的《新社会》就被警察厅封闭了。这也是一种奇异现象，社会思想的变态：一方面走得极前，一方面落得极后。

此后北京青年思想，渐渐的转移，趋重于哲学方面，人生观方面。也象俄国新思想运动中的烦闷时代似的，"烦闷究竟是什么？不知道。"于是我们组织一月刊《人道》（Humanité）。《人道》和《新社会》的倾向已经不大相同。——要求社会问题唯心的解决。振铎的倾向最明瞭，我的辩论也就不足为重；唯物史观的意义反正当时大家都不懂得。《人道》的产生不久，我就离中国，入饿乡，秉着刻苦的人生观，求满足我"内的要求"去了。

五

　　中国社会思想到如今，已是一大变动的时候。一般青年都是栖栖皇皇寝食不安的样子，究竟为什么？无非是社会生活不安的反动。反动初起的时候，群流并进，集中于"旧"思想学术制度，作勇猛的攻击。等到代表"旧"的势力宣告无战争力的时期，"新"派思想之中，因潜伏的矛盾点——历史上学术思想的渊源，地理上文化交流之法则——渐渐发现出来，于是思潮的趋向就不象当初那样简单了。政治上：虽经过了十年前的一次革命，成立了一个括弧内的"民国"，而德谟克拉西（la démocratie）一个字到十年后再发现。西欧已成重新估定价值的问题，中国却还很新鲜，人人乐道，津津有味。这是一方面。别一方面呢，根据于中国历史上的无政府状态的统治之意义，与现存的非集权的暴政之反动，又激起一种思想，迎受"社会主义"的学说，其实带着无政府主义的色彩——如托尔斯泰派之宣传等。或者更进一步，简直声言无政府主义。于是"德谟克拉西"和"社会主义"有时相攻击，有时相调和。实际上这两个字的意义，在现在中国学术界里自有他们特别的解释，并没有与现代术语——欧美思想界之所谓德谟克拉西，所谓社会主义——相同之点。由科学的术语上看来，中国社会思想虽确有进步，还没有免掉模糊影响的弊病。经济上虽已和西欧物质文明接触了五六十年，实际上已遵殖民地化的经济原则成了一变态的经济现象，却还想抄欧洲工业革命的老文章，提倡"振兴实业利用外资"。——这是中了美国资本家新式侵略政策的骗，及听了罗塞尔偶然的一句"中国应当振兴实业"的话，所起的一种很奇怪的"社会主义"的反动。当然又因社会主义渐落实际的运动，稍稍显露一点威权，而起一派调和的论调，崇拜"德国式"妥协的革命，或主张社会政策。——这又是一种所谓"社会主义"。两派于中国经济上最痛切的外国帝国主义，或者是忘记了，或者是简直不能解决而置之不谈，却还尽在经济问题上打磨旋。学术上：二十余年和欧美文化相接，科学早已编入国立学校的教科书内，却直到如今，才有人认真聘请赛先生（陈独秀先生称科学为 Mr. Science）到古旧的东方国来。同时"中国的印度文化"再生，托尔斯泰等崇拜东方文化说盛传，欧美大战后思想破产而向东方呼吁，重新引动了中国人的傲慢心。"西方文化与东方文化"，居然成了中国新思潮中的问题。于是这样两相矛盾的倾向，各自站在不明瞭的地位上，一会儿相攻击，一会儿相调和，不论政治上，经济上，学术上的思潮都没有明确的意义，只见乱哄哄的报章，杂志，丛书的广告运动，——一步一步前进的现象却不能否认，——而思想紊乱摇荡不定，也无可讳言。

我和诸同志当时也是飘流震荡于这种狂涛骇浪之中。

我呢？以整顿思想方法入手，真诚的去"人我见"以至于"法我见"，当时已经略略领会得唯实的人生观及宇宙观。我成就了我世间的"唯物主义"。决然想探一探险，求实际的结论，在某一范围内的真实智识，——这不是为我的，——智识和思想不是私有权所能限制的。况且我幼时社会生活的环境，使我不期然而然成一"斯笃矣派"（Stoiciste），日常生活刻苦惯的，饮食起居一切都只求简单节欲。这虽或是我个人畸形的发展，却成就了我入俄的志愿——担一份中国再生时代思想发展的责任。

"思想不能尽是这样紊乱下去的。我们对社会虽无责任可负,对我们自己心灵的要求,是负绝对的责任的。唯实的理论在人类生活的各方面安排了几千万年的基础。——用不着我和你们辩论。我们各自照着自己能力的限度,适应自己心灵的要求,破弃一切去着手进行。……清管异之称伯夷叔齐的首阳山为饿乡,——他们实际心理上的要求之实力,胜过他爱吃'周粟'的经济欲望。——我现在有了我的饿乡了,——苏维埃俄国。俄国怎样没有吃,没有穿,……饥,寒……暂且不管,……他始终是世界第一个社会革命的国家,世界革命的中心点,东西文化的接触地。我暂且不问手段如何,——不能当《晨报》新闻记者而用新闻记者的名义去,虽没有能力,还要勉强;不可当《晨报》新闻记者,而竟承受新闻记者的责任,虽在不能确定的思潮中(《晨报》),而想挽定思潮,也算冒昧极了,——而认定'思想之无私有'我已经决定走的了。……现在一切都已预备妥帖,明天就动身,……诸位同志各自勉励努力前进呵!"这是一九二〇年十月十五日晚十一二点钟的时候,我刚从北京饭店优林(Urin,远东共和国代表)处签了护照回来,和当日送我的几位同志——耿济之,瞿菊农,郑振铎,郭绍虞,郭梦良,郭叔奇——说的话。

十月十六日一早到北京东车站,我纯哥及几位亲戚兄弟送我,还有几位同志,都来和我作最后的诀别。天气很好,清风朗日,映着我不可思议的情感,触目都成异象。……握手言别,亲友送我,各人对我的感想怎样,我不知道;我对于各人自有一种奇感。……"我三妹,他新嫁到北京,处一奇异危险的环境,将来怎么样?我最亲密最新的知己,郭叔奇,还陷在俄文馆的思想监狱里?——我去后他们不更孤寂了么?……"断断续续的思潮,转展不已。一声汽笛,忽然吹断了我和中国社会的万种"尘缘"。从此远别了!

天津重过。又到我二表姊处去告别。张昭德及江苏第五中学同学吴炳文，张太来三位同志都在天津，晚间抵足长谈，作我中国社会生活最后的回忆。天津的"欧化的都市文明"：电车汽车的吵闹声，旅馆里酒馆里新官僚挥拳麻雀声，时时引入我们的谈资，留我对于中国社会生活最后的印象。……

十八日早，接到振铎，菊农，济之送别的信和诗：

追寄秋白宗武颂华

民国九年十月十六日同至京奉车站送秋白，颂华，宗武赴俄，归时饮于茶楼，怅然有感，书此追寄三兄。

济之，振铎。

汽笛一声声催着，
车轮慢慢的转着。
你们走了——
走向红光里去了！
新世界的生活，
我们羡慕你们受着。

但是……
笛声把我们的心吹碎了，
我们的心随着车轮转了！
松柏依旧青着，
秋花依旧笑着，
燕都景色，几时再得重游？

冰雪之区——经过，

"自由"之国——到了。

别离——几时？

相隔——万里！

鱼雁呀！

你们能把我们心事带着去么？

汽笛一声声催着，

车轮慢慢的转着。

笛声把我们的心吹碎了，

我们的心随着车轮转了！

九，十，十六，晚十时。

追寄颂华宗武二兄暨秋白侄

菊农

回头一望：悲惨惨的生活，乌沉沉的社会，

　——你们却走了！

走了也好，走了也好。

　只是盼望你们多回几次头，

看看在这黑甜乡酣睡的同人，究竟怎样。

要做蜜蜂儿，采花酿蜜。

　不要做邮差，只来回送两封信儿。

太戈尔道："变易是生活的本质。"

柏格森说，宇宙万物都是创造，——时时刻刻的创造。

你们回来的时候,

希望你们改变,创造。

我们虽和你们小别,

　只是我信:

我们仍然在宇宙的大调和,

　普遍的精神生活中,

和谐——合一……

我没有什么牵挂,

不知,你们有牵挂也不?

我因覆信,并附以诗,引我许多自然和乐的感想。——他日归来相见,这也是一种纪念。信和诗如下:

"Humanité"鉴:

我们今天晚车赴奉,从此越走越远了。越走越远,面前黑魆魆地里透出一线光明来欢迎我们,我们配受欢迎吗?诸位想想看!我们却只是决心要随"自然"前进。——不创造自创造!不和一自和一!

你们送我们的诗已经接到了,谢谢!……

菊农叔呀!"采得百花成蜜后,为谁辛苦为谁甜???"

我们此行的意义,就在这几个问题号里。

流血的惨剧,歌舞的盛会,我们都将含笑雍容的去参预。你们以为如何?……附诗。

　　　　　　　　　　　　　　秋白。一九二〇,十,十八。

去国答《人道》

秋白

来去无牵挂,
来去无牵挂!……
说什么创造,变易?
只不过做邮差。

辛辛苦苦,苦苦辛辛,
几回频转轴轳车。
驱策我,有"宇宙的意志"。
欢迎我,有"自然的和谐"。

若说是——
采花酿蜜:
蜂蜜成时百花谢,
再回头,灿烂云华。

天津倚装作。

当日覆信寄出之后,晚上就别了炳文,太来,昭德,上京奉车。同行的有俞颂华,李宗武。当时我们还不知道往俄国去的路通不通。"中华民国"驻莫斯科总领事陈广平,同着副领事刘雯,随习领事郑炎,恰巧也是这时候"启节",我们因和他们结伴同行。预备先到哈尔滨再看光景。

其时通俄国的道路:一条是恰克图,一条是满洲里。走恰克图须乘张库汽车。直皖战争后,小徐办的汽车已经分赃分掉了。其余商办的也没有开。至于满洲里方面，谢美诺夫与远东革命军正在酣战，我们却不知道，优林的秘书曾告诉我，如其能和总领事同行，专车可以由哈直达赤塔。我们信了他的话，因和领事结伴同走。

当天在天津上车，已是晚上十一二点钟光景。我同宗武和颂华说："现在离中国了，明天到满洲，不知道究竟什么时候才能到'赤都'（莫斯科）呢？……我们从今须暂别中国社会，暂离中国思想界了。今天我覆菊农的诗，你们看见没有？却可留着为今年今月今日中国思想界一部分的陈迹……"车开了，人亦慢慢的睡静了。瞿秋白渐渐的离中国——出山海关去了。……

六

　　十九日晨醒过来，火车刚走近山海关。远望一角海岸，白沙青浪映着朝日，云烟缭绕，好似拥出一片亚洲大陆的朝气。傍晚时到奉天，车站上一片嘈杂的声音。行李搬出车子之后，却看不见一个中国脚夫。对面望着大和饭店雪亮的电光，传出些丁丁当当的刀叉声，好不热闹。我们等了半天，才来了一个日本人，好容易找着了脚夫，把行李搬到站里。宗武寄在行李车的一件行李却又失了。我赶紧又同了他到外面去找。等到找着，回到大和吃饭，其时颂华已经吃完，时候也不早了，我们匆匆忙忙吃了些面包，赶去结好行李，来一位日本西崽一手包办，料理我们上了南满车。——一路车上职员完全是日本人。此行幸亏颂华懂得日本话，不然又得多许多麻烦。——上车之后已经很疲乏。倒头便睡了。

　　我现在已入满洲，出中国；仿佛记得中学地理教科书上写着，这满洲三省还是中国领土，为什么一出山海关到了奉天站，——他那繁华壮丽的气象，与北京天津不相上下，——却已经另一世界似的，好象自己已经到了日本国境以内呢？……也许奉天现在已经割给日本了！然而原住奉天的许多中国劳动人民，想必一时还没有来得及死尽，怎么奉天站连中国脚夫都很少很少呢？原来日本铁道车站上的中国苦力，他们劳作也受"日本的"节制的。帝国主义的况味，原来是这样！

二十日一早到长春车站。走出车站一看，已经萧然天地变色，确似严冬气象了。车站前一片大旷场，四围寒林萧瑟，晓霜犹凝，飕飕的西北风吹着落叶扫地作响，告诉我们"已经到了北国寒乡了"。天色阴沉沉的竟有雪意。车站门外停着好几辆俄国式马车，马夫也有俄国人，头上已戴油腻不堪的皮帽；风吹他帽上丝丝的毛乱动，时时掩拂他的长眉毛，越显得那俄国式的面貌愁惨。我们先又到大和饭店吃了点心。回到车站上，要换车上哈尔滨去。从长春以北就是中东铁路。——其时形式上已经收归中国管理。车上一切职员却还大半是俄国人——西伯利亚的那种所谓中流社会，或是真正的"俄国的乡下人"（Russky mujik）。车站虽然很大，比着日本的奉天车站气象大不相同。污秽杂乱，还不及江苏横林洛社的小小车站整齐。

我们一到车站，有一俄国人要替我们买票，不知怎样又多算了几块钱去，好容易弄清楚，买好票上车。中东铁路的车身非常宽大，可是三等车简陋得很。我先走进三等车一看，横七竖八，俄国人也有拖男带女，背着大麻包袋的；满地纸烟头痰沫；还有一股臭味。后来走进二等车——那天只有两辆——里面简直没有人坐，我们一进去，就有一俄国管车的来开了两间车房。——我当时一看，二等车原底子装修得很讲究，而且是单间的，我以为三等车和二等车差得太远了。然而进去坐下一细瞧，椅子上灰尘足有半寸厚，窗子，窗帘，小桌子，没一处不是破敝败落的。车子开动了，车里摇晃颠簸得很厉害，两天行旅已觉得疲乏，一晃就睡着了。

将到哈尔滨时，车上又来了一位警察，谈起来才知道，其时中东铁路警察，总算是换了中国人；日本护路警察却还强和中国警察同驻路旁，双方不时起些小冲突，好不麻烦。他又说他是驻哈尔滨的，此次出差到沿路小站走了一趟，又赔了些钱。他说起哈尔滨生活程度怎样高，一个月的薪水也不够浇裹，后来我问他哈尔滨离车站近的有什么客栈。他就说了一个福顺栈，并说那栈不错。

车到哈尔滨站，已是晚上八九点光景。趁了一乘马车就往福顺栈来。一出车站，寒风凛冽，竟已是严冬气候。到了客栈一看，糟不可言。其中有两种房间，一种是一大敞门，上上下下横排着许多炕，来往小客商都住在那里，——所以一走进客栈，就闻得一种臭不可当的"北边人"气味。还有一种是单间的，一间可住四个人，三个人不等，每天五角钱宿费。房里就只四张铺一张板桌，凳子都没有，窗子是不能开的，空气坏极。我们要住下，就只能包了他一间房，每天二块钱。颂华当时看了又贵又不好，主张换地方；然而时候已是不早，只能住了，明天再想法搬到别处去。我当夜又到车站取行李。（哈尔滨车站已纯是俄国式，三等待车室里，横七竖八的行李，满地泥水，头二等待车室里还供着希腊教的神像。）晚上一句钟，才把各事料理清楚，睡下。可怜，可笑，"我们"这样"文明化的"中国人，一入真正的中国生活，就着实觉得受不了；而且半欧化的俄国文明也使我们骇怪："原来'西洋人'也有这样的。"

我们初到哈尔滨，本预备至多只住一礼拜。这一礼拜中必须打听好，前途怎样进行。因此我就主张暂住五六天光景的事情，就是福顺栈也可以将就。颂华那时却还想搬。不过一时找不着房子，只得罢了。于是将就找着两张板凳，房间里的闲人，却想法子请他们出去，决定包下一间，就此住下。黯黯的一盏电灯，密不通风的大窗子，一张桌子两张凳，四张板铺——我和宗武，颂华各占一张，一张放行李，满屋子，桌子上凳子上床上，堆着报纸杂志笔墨纸砚，脸盆，牙刷，高高低低象乱山似的——这就是我们哈尔滨寓所的一幅景象。天天早晚还得出去吃饭，买东西，打听消息。

从天津到哈尔滨，走过三国的铁路，似乎经过了三国的边界：奉天是中日相混，长春哈尔滨又是中俄日三国的复版彩画。哈尔滨简直一大半是俄国化的生活了。

七

　　初到哈尔滨的时候，还只听见一种谣言，说谢美诺夫横梗在满洲里赤塔之间，火车不通，只有专车能经过。我连日买俄文报看，起先消息还不清楚，后来过了不多几日，谢军和赤塔民军剧烈冲突的消息盛传，赤塔满洲里中间桥梁也已经毁坏了。天天去看陈总领事，他也迟迟无行意。于是才知道没有快走的希望。目的地还没达到，中途又生阻梗，实在很烦闷。三人之中不时发生退回北京的提议。哈尔滨生活程度异常之高，一间房二块钱一天，一顿饭——很坏很坏的——一元几角钱，我们三人一天至少五六元化费。看看天气又冷，天天坐在层冰严结的水晶宫里——窗子上的冰，一天一天厚起来，难得一天天气好，化得开的，——也是无聊的很。然而我们抱着坚决的意志，本当百折不回，商量又商量，决计静候时局，再定行止。

　　幸而不久就得到赤军占领赤塔的消息，听说远东共和国临时政府已经成立，满洲里方面战事虽还正在胜负未分之际，于我们却已有一些希望。因此大家也渐渐定心了。可是天天打听消息，延宕又延宕，一瞬已是十一月中旬。我们在哈尔滨居然住了这许多时——一直到再动身北进足有五十多天，——也正出始料之外。然而哈尔滨一游，恰可当"游俄"的绪言，我且略记当时的感想。

哈尔滨久已是俄国人的商埠，中国和俄国的商业显然分出两个区域。道里道外市面大不相同。道外是中国人的，道里是俄国人的。我们到哈尔滨时，俄商埠已经归中国官厅管理。道里也已设中国警察局。其余一切市政，俄国援向例组织市政会参与行政的。欧战后俄国商业一天凋零一天，市面差不多移到道外去了。日本人趁此机会努力经营，道里的市面几乎被他占了一半。俄国市面，从革命后新旧党争，常常纷扰，俄卢布纸币（帝国时代的）跌落得不成样子，日本金票骤起夺他的市面。以前哈尔滨商场向以俄卢布为单位，现在卢布跌落，日本金票几有取而代之之势，幸而中国银行（哈尔滨）钞票有信用，居然变成中国银元的单位，哈尔滨中交银行且发辅币票，新铜元，概为十进制度，很整齐不紊乱。所以当时中国人的经济势力还算站得住。然而其时中东铁路正在所谓国际管理与移归中国争论不决的时候，中东铁路关系哈尔滨甚大。——俄国人已完全失其经济上的威权，况且劳农及远东两政府屡次声明要归还中国，事实上俄国人在哈的经济权已经早就打破了一大半，中东路权的转移就足以证明，——可是日本人却趁此机会想取得中东路，日本人若得中东，哈尔滨就快变为日本的殖民地了。

我们从奉天到哈尔滨沿路触目惊心，都是日本人侵略政策的痕迹。日本连年经略西伯利亚，干涉俄国内政，扰乱珲春治安，其志不小，竭力想吞并满蒙西伯利亚，这一问题还不知道什么时候才解决呵。我们常和哈尔滨人谈起，凡当地红胡子出没的所在，差不多总有日本人的踪迹。

哈尔滨市面上居然也有日本警察。俄国势力倒了——旧俄帝国已死——日本却又来了。我们有时街上闲走，常常听说中国人欺侮俄国落伍兵士警察，日本警察就来干涉。哈尔滨有日本商品陈列所，日本报馆，杂志，对于哈尔滨市政，调查得比中国人俄国人都清楚。我们还到过一日本客栈，颂华和那客栈主人谈话，我在旁看着：那客栈主人——老妇的脸上，一丝一丝皱纹里却寻不出什么帝国主义的光线出来。妓馆饭馆，日本人开的也尽有，日人的经商确是精明，而且待顾客很和气，只有颂华有一次去看一日本新闻记者，和他谈起中东路问题，他却大显其狡猾的形容语气，——俄国人说：这些都是世界资产阶级的仆御，诚然不错。我们每天在小馆子吃饭，饭馆主人和我们也熟了，我因问他"为什么哈尔滨饭食这样贵？"他说："呵！不用说。哈尔滨什么都贵。日本货便宜些。我们吃的米都是东京米。呵！贵得很！怎么比得我们山东。更不必说你们南边了。……"原来南满横梗在中间，中国货物经过该路，化的运费非常之大，所以竞争不过日货。于是日货就充牣哈尔滨了。中国人所得苟延残喘的一点经济势力未必见得保得住呵！况且中国人的商业全靠几家火磨（面粉厂），当地的出产如豆，麦，油等，自从俄国断了通商关系之后，销路日隘，往南运去又非得经日本的南满铁路不可。如若中国不赶紧和远东恢复通商，结一经济同盟，其势决敌不过日本的帝国主义的。

中国人在哈尔滨经商的大半是奉天人山东人，多数是小商人。湖北人，宁波人也有，湖北人剃头的居多，宁波人是做西装裁缝或皮鞋的小手工艺。那地的中国人生活，上等人是半俄国化的，——很有些俄国洋行的西崽出身立致巨富的，现在还住着几层高的洋房，娶的俄国媳妇，其余就是北京去的官僚，奉天黑龙江去的武夫。下等人大半是纯粹北方式的生活。中国苦力大半是铁路工人，也有些组织，住的地方叫三十六棚。其余工人，佣工者大概生活还不十分艰难。其地工价非常之高——一半是俄国工会的功劳。我曾到邮政局去调查，据说每月中国山东直隶等省小工寄回去的钱，总数总在一万元以上。——也足见那工人生活勤俭能储蓄了。那地方南边人非常之少。那天我们同到一小饭馆吃饭，忽然听着苏州话，问起来，才知道只有这一家。灰色的中国人生活到哈尔滨更变成黑色的了。哈尔滨生活尤其有沉默静止的特征。全哈中国学校不过三四处，报馆更其大笑话。其中只有《国际协报》好些，我曾见他的主笔张复生，谈起哈尔滨的文化来，据他说，哈尔滨总共识字的人就不多；当真，全哈书铺，买不出一本整本的《庄子》，新书新杂志是少到极点了。上等人中只有市侩官僚，俄国化的商铺伙计。上上下下都能讲几句"洋泾浜"的俄国话——哈尔滨人叫做毛子话。然而他们下等社会静止的生活却依旧漠然不动，即使稍受同化，却又是俄国式乡下人的污糟生活。这种地方住着未免烦闷呵。

俄国人在哈尔滨的经营历年也不少。到现在道里及秦家岗一带差不多都是俄国人的生活。商铺也还有不少。俄革命后亡命者的白党，资本家将军都聚集在此地。成天在街上只看见俄国人，那些亡命的资产阶级却还是高楼大厦的住着，吃得饱饱的肚皮，和日本人鬼鬼祟祟串些新鲜把戏。各派俄国社会党在哈尔滨联络一中东路工党联合会，多数党少数党社会革命党都在一起，而以中东路工人联合会及哈尔滨城市工人联合会为实力上的后盾。哈尔滨的劳动运动，以这一联合会为中心点。他为俄国工人，青年，以及中国工人举办好些事业——教育卫生等。中俄两国民族的接近，确比日本人及其他欧洲人鞭辟入里得多。中国苦力心目中的俄国人决不是上海黄包车夫心目中的"洋鬼子"。下级人民互相间的融洽比高谈华法、华美文化协会的有些意思——他们大家本不懂得"文化"这样抽象的名词，然而却有中俄文化融会的实效。——不过并不是什么文明进步的意义罢了。

哈尔滨道里的俄国化生活使人想到上海天津等欧化景象，彼此截然不同。俄国的资产阶级，在哈尔滨盘据着中东路的要津，已经根深蒂固，如今一旦动摇，他们就起恐慌，阴谋诡计百出。革命后各处的俄国亡命客又都聚集在哈尔滨。于是哈尔滨，就变成俄国新旧党的纠葛地。新党（各派社会党）自有组织，努力于工人运动，和中国劳工结合。旧党分子也非常复杂，旧党机关报如《俄声》（Russky Golos）及谢美诺夫派报馆《光明》（Sviet）专和新党机关报《前进》（Vperiod）反对，差不多天天打笔墨官司。《前进报》总经理国尔察郭夫斯基（Gorthakovsky），我们见过好几次，谈及中东路问题及工人运动，他常发很恳挚的言论，——已见那年《晨报》通信，现在时过境迁也不再及，——他为人非常蔼然可亲。常常发一种疑问："俄国劳动人民对于中国国民未尝有丝毫的恶意，白党在哈尔滨勾结日本人暗杀新党首领，——国氏本是中东路工党联合会的会长，也曾遇过两次险，——不但扰乱治安，而且他们一旦得势，全满洲都成日本的殖民地，我们同是东方被压迫的民族，何以中国政府不知道果断实行而还是这样优容旧党，养痈遗患呢？"我们自己也不懂得，始终不能答复他。却有一次，我为好奇心所激发，以新闻记者名义去访《光明报》主笔。《光明报》是谢美诺夫的机关报；其时我听见谢美诺夫和赤塔军队打仗已连败数次，退到离满洲里不远的地方，而同时又有日本驻哈总司令赴满洲里的消息，我要知道谢军的实力，究竟如何，日本的接济能否维持他。所以去见《光明报》主笔探探他的口气，——或者间接能知道我们的行期：假使谢军确实预备退出满洲里，我们就可以动身了。他听我问到"谢将军"，他说："呀，谢将军是真正的俄国民主主义者，可恨社会党、过激党胡闹。现在日谢同盟仍旧很巩固，不过满洲里形势异常……他们已另定有计划，换一方面或竟换一地点进行。可是'谢美诺夫民主国'，如其成立之后，希望中国了解远东问题的重要，能和'新俄'及日本结三国同盟，抵御美国的侵略……中东路，只有'俄国'日本中国有过问之权，岂容欧美人插嘴……"我当时就知道他所说另一地点，或者是海参崴，也就不以为意。他说到"三国同盟"的时候，笑嘻嘻脸，放出油光闪闪的狸猫眼睛，不断的看着我……谈话非常之客气，真正资产阶级的招牌挂得起呵！现在谢军差不多一败涂地，也不过一场春梦罢了。

哈尔滨的大概情形，我在哈时所做的几封《晨报》通信也曾略略叙及。这是要专门调查研究的。我此地不过随便写几句感想，零乱无序，也无从整理了。

在哈等待出行的时期，非常烦闷心焦。每日出去访俄国朋友，调查调查俄国的工人组织，并且搜集些俄文书报，以为，研究劳农政治的材料。寓所里龌龊污秽得很，坐不住，也常常出去散步。——似乎生活很不适意。然而眼前横着一种希望，也便耐心等候。初次和俄国党人接触，得着的教训，也就不少呵。

八

哈尔滨这个地方,中国本部人初到的时候,总不免有种种奇异的感想。俄国旧日的经营西伯利亚一直到北满一带,生生开辟出来的荒地,历年以来,虽渐渐的一方面资本主义化,一方面孕育劳动运动,始终经济生活还是保存落后民族的特性。如此"非现代的"经济生活里,如西伯利亚,如哈尔滨,怎样实现科学社会主义的理想社会?——这是一个疑问。再则,我就经济现象想来,最容易显现出生产关系的,除非是"交易单位"(各地的货币制度交易汇兑方法)。而现代资本主义帝国主义的殖民政策,往往使殖民地的经济生活,另成一种特异性。经济生活的研究,我们就最粗浅的现象观察,观察当地的"财政资本"流通的状态(即银行经济在市面上的影响),在日常生活中就可以感受资本主义的痛楚。——何况在殖民地的特异经济中呢,自然尤其显得出帝国主义的功能。我就旅哈身受的经验想起:从天津到奉天,北京天津的中交票不能用了,要换日本朝鲜银行钞票,从长春到哈尔滨,中东路未收归中国管理之前,还不得不换俄国卢布买车票,现在虽可用中国银元,然而天津钞票已不大行,非得哈尔滨钞票或日本钞票不可。同样差不多在一范围内的经济生活，何以必须经三重"国家"的麻烦呢？人类经济生活，生产消费各得其当，便完了；象这样"殖民地的"剥削政策下之经济，依社会主义的原则，应当怎样整顿呢？——这是第二个疑问。这两个疑问，虽然不是我现在所能解决，然而却引起我心灵中的变化；我预想社会改造既在俄国实现，事实上他们——俄共产党——必定有确切实际生活的方法。——抽象的"真""美""善"的社会理想，决不能象飞将军似的从天而降。——因此我个人的哲学概念，推广这种实例；由主观立论，一切真理——从物质的经济生活到心灵的精神生活——都密切依傍于"实际"，由客观立论，更确定我的"世间的唯物主义"。劳工神圣，理想的天国，不在于智识阶级的笔下，而在于劳工阶级实际生活上的精进。心灵的安慰，物质与精神的调和，——宇宙动率的相映相激——全赖于人类的"实际内力"。"实际内力"能应付经济生活的"要求"及"必需"，方真是个人，民族，人类进化的动机。

我"回向"实际生活。我且就在哈尔滨的感想，所处的环境随笔记一记。那经济学问题，哲学问题，暂且搁下，留在此做我心理变迁史中的一鳞一爪的痕迹。

黯黯的天色，满地积雪，映着黄昏时候的淡云，一层一层春蚕剥茧似的退去，慢慢透出明亮严肃的寒光来；喊喊喳喳私语的短树，林里穿过尖利残酷的寒风；一片空旷的冬原，衰草都掩没在白雪里，处处偶然露出些头角，随着风摇动，刷着雪丝作响；上下相照，淡云和积雪，象是密密诉说衷肠，怨叹生活的枯寂，哈尔滨秦家岗南头，俄国人住家多数在那里，热闹的市面已经过去了。我走去看一俄国朋友并访他的妹子马露西霞（Raigorodsky Marucya），才走到这段地面。向来厌恶哈尔滨小城市生活的繁猥，到此也稍有安慰了。"呀！你们来了。"他们赶紧招呼预备茶点，大家坐下，就谈起来。他们知道我要到俄国去，随便替我说些俄国文化上的趣事,怎样不和西欧相同,怎样宗教的势力很大等等。——马露西霞是一托尔斯泰派。——谈到苏维埃政府,他们也不知道详细情形,莫斯科生活如何,他们也很想去看一看,可是苏维埃俄国穷困不堪,大家是知道的,所以要回籍须得政府的许可,因此他们却不比外国人,能容易入境。我因他谈及俄国文化,就随便问问他,住在中国许多年,对于中国文化有怎样的感想。他们都说:"我们没到过中国。你们以为哈尔滨是中国么?俄国侨民的生活却完全是俄国式的。——和中国文化接触的机会很少。就是在俄国商务中学念过点中国史。东方古国的文化非常之有趣。也很想到北京上海等处去走一走。……"我和俄国人的交际虽因俄语程度太坏,不十分广,却也认识十几个人——有是党人,有非党人的。我们请他们吃过一次中国饭,他们羡慕得不了;——原来住在中国地方,一直没真确知道中国生活,中国文化。他们心目中的中国人只有一般苦力,小商人呵。当天晚上七八句钟回寓,走出他们家门,街上已经很冷落。天气很冷,走了好一段路,才看见一辆马车。我叫了他一声,只听得回答道:"Kudai[1]?"我才知道是一个俄国车夫,随即和他说了地方,坐上车去,相离不到一里半地,却要五角大洋,读者如其是中国内地人,不要以为是上海汉口的马车,这是破旧不堪的俄国式马车,却要得如此之贵,——中国车夫要得便宜些。我因随口问问这一车夫家计怎样,据他说哈尔滨样样东西都贵,所以车费不得不昂,一天却也可以赚得五六元钱,——俄国车夫大半只知道要日本金票,不要中国洋钱,我这里是和他折算的。他也没甚功夫去到俄国工会所设的俱乐部,音乐会。一路谈着,忘其所以,抬头一看,却走到秦家岗南头去了。——和我们的寓所背道而驰。其时云影翻开,露出冷冰冰亮晶晶的一轮明月,四围还拥着寒雾,好象美人出浴披着轻纱软帔似的。马路旁寒林矗立,一排一排的武装着银铠银甲,万树枝头都放出寒

---

[1] Kudai:哪里去。——编者注

浸浸的珠光剑气；——贪看着寒月雪影，竟忘告诉车夫，走错了路。愈走愈远，——错误偶然与人以奇遇：领略一回天然的美，可是寒意浸浸，鼻息都将冻绝，虽则沉寂的寒夜，静悄悄已没一点半点风意，宇宙的静美包涵在此"琉璃天盒"里，满满的盛住没起丝毫震荡，然而大气快成冰水，"干冷"的况味，也不容易受。我才唤醒车夫，叫他拨转马车，赶回寓所。他却还咕噜着说："……中国人……中国人今天怎么忽然不知道哈尔滨街道的俄国名字？……叫我跑这许多冤枉路。"我心上想，你在中国地面赶马车，却不知道中国街道的中国名字，等到到了福顺栈，才说："唔，原来是这个地方，为何不早说清楚！"那又怎么说呢？

　　哈尔滨道里及秦家岗两部分，完全是俄国化的，街道都有俄国名字，中国人只叫第几道街，第几道街而已。俄国人住在这里，象自己家里一样。可惜年来俄国商务，道里市面，不大繁盛了。却是，俄国资产阶级一方面和日本人勾结，日本人商界实业界努力搏取哈尔滨的经济势力；劳动阶级一方面，组织运动却有一步一步兴旺起来的趋势，和赤塔新党暗中互通消息。那一天我从前进报馆出来到七道街江苏小饭馆吃了饭，沿着俄国人所谓中国大街（Kitaiskaya ulitsa）回家，已是傍晚时分。走过一家俄国报馆，看见许多中国卖报的，领着报，争先恐后的跑到中国大街去抢生意做，——抢着跑着，口里乱喘，脚下跌滑，也顾不得，逢着路人，喘吁吁叫着："买《Novoctijizni》[1]呵！买《Vperiod》呵！买《Zarya》[2]《Russky Golos》呵！"——为的是生活竞争。沿大街两旁，俄国人，有相偎相倚坐在路旁椅子上的；有手搀手一面低低私语指手划脚，一面走着的；有在铺子里买着东西，携着一大包裹出来的；雪亮的街灯，电灯光底下，男男女女一对一对穿花蛱蝶似的来来往往，

---

[1]《Novoctijizni》:《生活日报》。——编者注
[2]《Zarya》:《曙光报》。——编者注

衣香鬓影，紫狐披肩，蓝绸领结，映着大商铺窗帘里放出的电光，还想努力显一显西欧化的"俄国资产阶级"文明。还有一阵一阵俄国青年学生和女郎散步的踪迹；我走着，看见大街对面，乱乱落落俄国人影的背后，雪亮的电光，从窗子里映出来，照着很清楚两个金字在玻璃上："朝日"，却是俄文，细看窗子里面，有日本女郎的影子，窗口露着一端一端的日本绸布呢。中国大街尽头，一转弯就是一日本的哈尔滨日本商品陈列所，我们走过时却不见门口有电灯，已经关门了，然而我记得陈列所里商品很丰富，除农业品平常不足论外，工业品却应有尽有，形式上看来和"西洋"货无毫厘差别。过了这陈列所，离我们寓所不远，却走过我们天天吃饭的小饭馆，饭馆主人是山东人，看见我们就问："为什么今天不进去坐坐呢？"我们和他说已经吃过了。正谈着的时候，忽然听着背后有人哼着："Milocti……Milocti"（请赏……）回头一看，却是一俄国乞丐。饭馆主人给他两个冷馒头，我也给他一角钱钞票（在哈尔滨难得用着铜元，身上竟不大找得着）。他画着十字尽说："谢谢，谢谢，上帝佑你……上帝呵！中国人比俄国人还好多着呢……"咕噜着去了。饭馆主人说道："给不得他们，天天来歪缠，昨天还有两个毛子，不知什么地方偷来一丈多黑绸，要卖给我们；少他的呢！……毛子真不好打发。先生们，呵，知道不知道，在这儿俄罗斯毛子穷人多得很。先生们想，要是俄国穷党（北方人俗称'布尔塞维克'的名字）一来，这般人都得抖起来罢？……"我笑一笑，也没回答他，就顺路走回寓所了。

  蔚蓝的天色，白云似堆锦一般拥着，冷悄悄江风，映着清澄的寒浪。松花江畔的景色，着实叫人留恋。那天我同着俄文专修馆的同学特地去游一游，趁着小船从道里到道外。在江中远看着中东铁路的铁桥，后面还崇起几处四五层的洋房，远远衬着疏林枯树带些积雪，映着晴日，亮晶晶光灿灿露出些"满洲"的珠光剑气。在船上谈起俄文馆同学，原来在哈尔滨我们同学很多，审判厅，俄白党报馆，中东铁路，戊通公司在在都有。——不但哈尔滨,从奉天至满洲里以及中东路小站都有我们同学。他们的教育程度是"如此",他们的生活也比上海洋行买办式的英文学生甚至于北京天津研究英法文的"大学生"寒俭得多。然而大家是知道的,满洲三省文化程度几等于零,他们还要算此地的明星呢。我这次到松花江畔,本是顺便找我的俄文馆同学,——一个船长,可惜他没有在那里。所以趁此乘小船逛一逛,到道外上岸——沿着中国地界的茅屋土舍间污秽不洁的小路转回寓所。俄国的哈尔滨,俄国的殖民地,——可怜的很,——已经大不如天津上海,马路上到处堆着尿粪。——在中国人眼光里还只见他辉煌庄丽的大商铺。再一到中国"北方"人生活里,更加污糟不堪。道外这种远僻街巷,沿松花江边,几间土屋,围着洋铁皮木板乱七八糟钉成的短墙,养着几只泥猪;这就是中国人的写生。文化不是天赋的,中国民族应当如何努力;并欧洲人所笑的野蛮的俄罗斯人都不如。经济生活,生产方法不变,一方面既不能有文化的要求,以进于概括而论的文明;另一方面更不能有阶级的觉悟,担负再造文物的重责。东方古文化国的文化何时才能重兴?所谓"改造",根本的意义,通筹统计原在于"为全人类文化而奋斗。"如此黑暗的民族,不是须经更深切的资本主义化,就得行"新式的"无产阶级化。在满洲三省尤其重要。且不谈那总解决的大问题,就是目下急切的零星解决,满洲的文化运动,也就紧急必需"往民间去"的先锋队。可惜在此地的智识阶级只有一般中了"北方式"官僚教育毒的俄文馆派。只好任那松花江里帝国主义的血浪,殖民政策的汗波,激扬震荡,挟着红胡子似的腥秽的风暴,丘八爷似的严酷的冰雪,飞吼怒号罢了。

哈尔滨旅馆生活一瞬已有一月多了,天气一天一天冷起来,街上的积雪,树梢的寒意,和着冷酷陈死的中国社会空气,令人烦闷。北地严寒,渐渐的显他的威武。可是我心苗里却含着蓬蓬勃勃的春意:冒险好奇的旅行允许我满足不可遏抑的智识欲,可爱的将来暗示我无穷的希望。宇宙的意志永久引导人突进，动的世界无时不赖这一点"求安"的生机。你如其以"不得知而不安"就自然倾向于"知"。天气的温度降低，他的密度失了均势，以压力不平而不安，汽质就自然倾向于凝结。社会组织失了根据地，自然就动摇，借着怪物的"社会声浪"，鸣他心意的不平。自"不知"动而至"知"。自汽动而至冰。自资本主义，帝国主义动而至社会主义，至"新式的"现代的无产阶级化。全宇宙不过只这一"求安而动"的过程。安与不安的感觉，又只在前"五识"及第七识上显现，以为行为最后的动机。第六识（意识）的动机是粗象而且虚伪谬误的。而社会的意识（社会的第六识）尤其常常陷于伪造幻象错觉。动的过程只在直觉直感于"实际"时显其我执（第七末那识）的功能。我旅俄的意义，实是我直感的反射动作。第六识的分别，计较成败所影响于行为的极少。

凄凄的寒月，冷冷的寒风，映着晶晶的寒雪，澈影我的心神，——照见我就是"斯笃矣"主义（Stoicisune）也只是求精神生活安宁，甚至于还是求物质生活安俭的倾向而已。我自念我的内力，实际所有的才能，在当时实无一利于社会，同时于我个人的生活意趣，有极不安宁的状态。所以因求安宁而愿蹈危险。"至于冒险而去，成败究竟如何？"并不是不应当问，而是不必问，或简直是不问。意识万能，本是迷信；何必起计较分别。至于极粗的心理现象"意志"，更不足论。所以我冒险而旅俄，并非是什么"意志坚强"，也不是计较利害有所为——为社会——而行；仅只是本于为我的好奇心而起适应生活，适应实际精神生活的冲动。生活不安的程度愈高，反应冲动的力量亦愈大。既无益于抽象的中国社会文化，又无味于具体的枯燥生活。当然，除出那一部分薄弱的意识作用：有无利益于社会，而心理上突然呈一种猛进的状态。"宁死亦当一行"。——如其还有"社会""文化"观念，求为人而劳动，那只是第七识的我执所驱策。每天工作完，同着颂华散步，荒地上凄凄的月色，雪影稀微放他"自然"的动机，往往就谈及这些兴味浓郁的问题。哈尔滨寓所狭隘不堪,我却常常说到莫斯科,有这样一间屋,三个人住住也就可以了。那时听说莫斯科食粮缺乏,燃料不足,又常常说笑话:"颂华,我们去了,不但冻饿,还有别种危险,兴兴然而去看'新奇',也许不幸奄然而就死。……"颂华道:"你为什么说这种不祥的话,扫兴得很!……"

九

　　十二月初得到确实消息，谢美诺夫的兵已败退，日本人出来调和，护送谢氏到沿海滨省，满洲里方面总算肃清了。我们行期，好容易有一点希望。一鼓作气从北京到哈尔滨，忽然中途停顿了这五十多天，锐气恐怕有所消磨。得着这种消息，勃勃的生气又振作起来。去看了陈广平，知道他的专车已经办妥，行期也定在十二月七日离哈尔滨。

　　启程了，启程了！向着红光里去！苏维埃俄国，是二十世纪世界第一个社会主义共和国，究竟如何情形，虽有许多传说，许多宣传，又听见他们国内经四年欧战三年内乱，总不知详细，只是向着自由门去，不免起种种想象。此去且要先经新造的民主主义的远东共和国，——为苏维埃俄国之缓冲地，行民主主义制度而执政党是共产党——布尔塞维克；亦是研究的兴趣盎然。快走了！快走了！快到目的地了！苏维埃制度，——无产阶级独裁机关，——共产主义——马克思经济学的社会主义，可以有研究的机会了！而还没有研究。请先得共产党一点空气（atmosphere），回转去说一说哈尔滨工党联合会庆祝十月革命纪念的盛况。

十一月七日是彼得城发生世界上第一次无产阶级革命的日子（俄国向用希腊历，比西历迟十三天，十一月七日乃俄历十月二十五日，所以谓之"十月革命"）。我当时还在行止未定，得一俄国友人的介绍去参观他们的庆祝会。会场是哈尔滨工党联合会预备开劳工大学的新房子，那天居然得中国警察厅的许可，召集大会。会场里人拥挤得不了，走不进去。我们就同会长商量，到演说坛上坐下。看坛下挤满了的人，宣布开会时大家都高呼"万岁"，哄然起立唱《国际歌》（International），声调雄壮得很。——这是我第一次听见《国际歌》，到俄国之后差不多随处随时听见，苏维埃俄国就以这歌为国歌。演说的庆贺苏维埃政府，俄罗斯共产党，第三国际（Ⅲ International），世界革命。末后又得赤塔远东新政府亦在这一日宣告正式成立的消息，还有从莫斯科刚到的一个共产党报告，大家更激昂慷慨，欢呼万岁。最有意思的是：一少数党代表宣言中东路一带少数党以至于赤塔，趁此不参与多数党反对的策略，在远东方面两党可共同协济。其时有一社会革命党宣言的意思，"大致也相仿佛"，可是他指摘多数党许多谬误，甚至于说他专制残酷。坛下就陡然起"嘶……嘶……"的斥骂声……。大会完之后我们就到俄国友人——一多数党——家里去晚宴。屋子里放着盛筵，电灯上包着红绸，满屋都是红光，红光里是马克思，列宁，杜洛次基的肖像。吃饭的时候，大家痛饮欢呼。席中有许多俄国女郎，靠我坐的身上香气浓郁，都凑近来问中国，北京，上海的风俗人情，絮絮不已。忽然席间来了一位刚从莫斯科到此的共产党，又站着演说："我们在此地固然还有今夕一乐，莫斯科人民都吃黑面包，还不够呢。……共产党担负国家的重任，竭力设法……大家须想一想俄国的劳动人民呵。……"我因问和我谈话的女郎是不是共产党，他回说不是，然而是对于共产党表同情的。他却问："你是共产党不是？中国政党有多少，有象我们共产党这样大的没有？"我说中国政党的情形，又说："中国社会党还没有正式成立的，只有象你们十九世纪四十年代时的许多研究社会主义马克思主义会。"

他道:"中国政党原来这样,难道只有张作霖一个人管政事么?……"酒阑兴尽,站起身要回寓,颂华却因不懂俄国话,和一个刚来的人谈英文,那人听说罗素已到北京,想赶去听讲,却很倾向于基尔德社会主义呢。我叫着颂华回去。十月革命的庆贺算完,要待到莫斯科过第二次十月革命纪念了。

启程的日期已到,陈广平却又迟延。他说从哈尔滨到莫斯科虽是专车,恐怕劳农政府要车费,一个人约摸要三四百块钱,我们没法,三人共给他一千元,又因莫斯科食粮缺乏,托他买了一百元面。——那一千块钱,后来到了莫斯科四五个月之后,陈广平说:"哈满运面费二百二十六元,我虽没付出,外交部一定要在公费内扣算的,还有,'什么要多少钱,什么要多少钱,'我算来该还你们四百五十几元。……颂华已经拿去五十五元。这里有苏维埃钱四百零七万卢布(其时一万七八千苏维埃钱才能兑一块中国钱),请你们收了,写张收条罢。……"这一千元的公案是这样完结的。我们赴俄,知道那时俄国禁止商业,沿站什么也没有买的,自己备了火酒炉,陈广平又答应我们共同吃饭。后来算账,他却要了我们买的面十铺德(中国秤合有三百斤面),算三个人在车上一个半月的伙食。带的面居然大有用处。我们后来在莫斯科的食用消费都靠他。这都是后话。

十二月八日才搬到专车上住下。又等两天方才动身。那几天料理一切,交旅费,买食粮,委琐不堪的事情使人烦恼。这才尝着现实社会生活的滋味。所以说:世故,人情,经验。原来是不懂得世故人情,没有经验,就该受骗。懂世故人情,有经验的人都受过"骗的教育"。我却后悔不曾多受几年东方古文化国的社会教育,再到"泰西"去。

十二月十日开车,又离哈尔滨往北去了。

同车一共六个人,我们同伴三个,莫斯科领事馆三个。在车上没有事就随便谈话。这次旅俄"和领事同行"有很重要的意义。一方面因此略知中俄外交以前的经过,中国在俄的外交界向来的态度,在俄京外交团里的地位，在俄国华侨里的口碑。别一方面，截然两个世界两个社会的人聚在一块，精神上的接触，发生种种的痛感，绝不投机的谈话，费了无限的宝贵光阴，双方各自隐匿了真面目，委蛇周旋也夺去我不少精力。

俄国一九一七年二月革命之后，中国公使刘镜人和协约国外交代表取一致行动，留在彼得城没有什么作为。其时华侨的事情，一半却还是华侨联合会办的。华侨联合会会长那时就是现在的副领事刘守清。守清自己说，他留学彼得城莫斯科前后好几年。中国公使馆在俄京外交团向来有一种特别态度。人家在外交上总有跳舞会等的交际，中国公使不但习于沉静的生活，而且以节省交际费起见，常处于隔离的状态。守清当留学生的时候，有事情就到使馆抗议，公使见着留学生作向例的惧态——守清自己说的，很可一笑呵。战时俄国华侨困苦，北京曾经募捐十万元接济，其时还是黎元洪总统时代，老黎亦捐了不少钱。捐款到刘镜人手里，听说吞没了一个大大半，至今没有下落。可怜中国的穷苦侨民，一点儿没有受着国内资产阶级的慈善家之些许恩惠。十月革命一起，公使团退出彼京，别国公使多少总料理自己侨民归国，或是自己带着走。中国公使自己得了一辆专车，赶紧偷着就跑，生恐侨民和他"纠缠"；有些留学生得信早的，挤上了同走，公使却想向他们讨车费，禁不起一番抗议，也就罢了。那时战事紧急，枪林弹雨里刘公使固然得逃了一条性命，贫困的侨工十数万人——除了华侨会救出一些之外——至今转侧困苦，饥寒冻馁呵。谈及这一次总领事的赴莫，原是两年前华侨会举刘守清为代表到京请愿的结果。此去的职任，第一就是遣送华侨归国。我听说陈总领事以前在刘镜人公使馆前后七年。谈起来才知道，他非但对于俄国文化丝毫不了解，外交政治上的大势也不知道，连几句普通的俄国话也就有限得很——简直一句都说不完全。中国本和苏维埃俄国还没有条约的关系，领事到后，还不知行使什么样的职权呢。

我们离哈尔滨往西北进，沿途经过齐齐哈尔等站，穿行黑龙江全省向满洲里进发。途中和领事等谈话外，就和颂华商量调查俄罗斯的方法。新闻记者的职任，照实说来，我是无能力的；颂华说："我们此行，本是'无牛则赖犬耕'，尽我们自己的力量罢了。"可怜中国现代的文化，这种调查考察一国文化，一种新制度，世界第一次的改造事业，却令我这学识浅薄，教育不成熟的青年担负，——这是人才的饥荒。我与颂华说，请他负通信事务指导的责任，我当竭力帮助，——成败不问，尽力而已。我个人呢，定了一勉力为有系统的理论事实双方研究的目的。研究共产主义，俄共产党，俄罗斯文化。车已离哈，从此渐入佳境，也就渐渐感觉责任的斤量。

闲着无聊，望着车窗一片雪色，往往几十里内绝无人烟，令人感慨。西伯利亚直贯满洲的铁道，欧亚大陆的血脉，几十年才垦出这点荒地。地力的开发，还存着莫大的富源，何以中国自己闹人满之患，却等别人来经营呢。盲目的资本主义的经济，生产消费分配，一件都不能有计划的。满哈道上沿站多少都有存积的粮食，原来自从西伯利亚和中国的商务关系断绝，交易就停滞。世界经济整个的身体里，血脉忽然不流通，自然就成臃肿的病状。沿站一堆一堆禾麦，盖着积雪，愁惨惨对着凄凉的天色，好一似病人四肢困顿——南边遏于"南满铁道的手铐"，北边锁着"谢美诺夫的脚镣"——血气壅滞，颜色死灰，奄奄就毙了。车行飞掠，听着狂吼的北风，震颤冰天雪窖的严壁，"红色恐怖"和东方太阳国的财神——资本主义——起剧烈的搏战，掀天动地呢。

十二月十三日晚到满洲里站，那天正是中国边防处派驻俄军事代表张斯麐中将回国，亦到满洲里站。我们见张斯麐，据他说，中俄外交本是极有希望的，可惜中国政府畏葸，没有确定的计划方针："俄莫斯科政府，很愿意放弃一切帝国时代所侵略的权利，和中国开始友谊的谈判，恢复通商。……政府不给我以全权，我的事情也是办得有头无尾。俄政府招待外国代表向来是非常之优待的，——我亦在优待之列。不意'段督办'一倒，中央政府特电伦敦，说我不是正式代表，劳农政府几乎当我是间谍，……一切开始的交涉都成泡影……"中国侨民在俄国的确很困苦。可是，中国人对于法纪，"政府"的抵抗力，好一似生物学里所谓"抗毒素"，是中国人天性中的特质。劳农政府在军事时代采严厉的集权制，正在禁止投机商业（speculation），中国奸商却还趁机作恶，竟有卖鸦片的；或者呢，简直入共产党，以便倚势妄为；穷极无聊的困兽，也有去当红军的——在南俄最多——施其残忍杀掠。就是张斯麐的随员中也有因为投机商业而被捕入狱的。这都是张斯麐的随员，其中有我俄文馆的老同学，随便谈及的，也有以后在俄国华侨中听见的。如此严厉的政制之下，中国人仍有取巧作弊的本领，真是天赋。"社会力强制的非正道的抑遏天性的制裁，所得几千年的遗毒，就成为个性横溢于邪道的本能呵。"

和张斯麐中将同回国的，还有一位旅俄华工联合总会会长刘绍周。他是在俄留学生最出色的一个人才。他曾经对我们说许多华侨的事情；还有关于共产主义的：欧俄经过三年大战四年内乱，经济状况破坏得不了。那时却正是由军事时代过渡于和平时代的关键。蓝格尔已经败退，东纳（Don）煤区已入赤军之手，从此波兰战事亦已停止，可以努力于经济改造了。当时——据刘君说——已比一九一九年冬天，人民生活要好得多。国内三种人：一，兵及工人，国家所最注意的，二，农民，是当时俄国中最富有的。三，智识阶级，也有很苦的，也有受优待的。至于一九一九年冬天刘君还吃过两个月马食料呢。苏维埃俄国现在学校不收费，儿童公育。可是国家穷困，经费不足，一时也不能普遍，成绩不能十分好。……

自从到哈尔滨一个半月，先得共产党的空气，现在到了满洲里能遇着刘君绍周，得知劳农政府的事实上的经济状况。可惜于研究学问的过程中，不得不受实际社会生活的影响，耗我精力呵。

一〇

　　车到满洲里又停下，张斯麐的专车已往南去，陈广平的专车却欲进不进。张斯麐在莫斯科奉政府撤回命令时就报告劳农政府，另有总领事赴莫，劳农政府只说一声"中国既派代表来，俄国亦要派代表去。"欢迎是一定欢迎的，可是中国总是由伦敦转电，劳农政府不得正式通告，何从预备，又况远东共和国呢，——他更不知情由了。所以在满洲里还要等待赤塔政府回电，才能前进。再则呢，满洲里方面初经战事，张斯麐回国的车是战后第一次自赤塔至满洲里的车。我们的车，却是战后第一次自满洲里至赤塔的车，途中桥梁毁坏，还有危险呢。

　　在满洲里停顿四天。天气寒冷，纷纷的大雪，我们偶然上站闲步；买些东西，其贵不可思议，俄国理发处，一人要一块钱。站外荒荒落落，街道也是俄国式的。以前此地也算中俄交界第一商埠，几经战事，凋敝不堪。我们曾到邮政局访一俄文馆的同学，他住的地方非常寒俭，一张木桌几本《列国志》而已。走进一家山东馆子。"你老来呀！请坐请坐！"吃一些极无味的菜，三人总共化了四块钱。那堂倌絮絮叨叨说，那地俄国人怎样多，谢美诺夫的兵怎样蛮横，穷党来了，又不知道怎么样？"现在倒又忽然平静了！"……我们那天吃完回车，因不认得路，雇一辆俄国马车，走几步路就到，却要五角大洋。

十二月十六日得到确实消息，方才前进，经中俄边境，出满洲，到俄属的西伯利亚了。那天晚上又是大风雪，沿途战争中所毁铁道，都只暂时在冰上架了临时铁轨。因此车行非常之慢，车身簸荡，厉声作响，好象替冤死于"白祸"的俄国劳动人民，哀诉于东亚初临的贵客。黑夜里望着窗外，乌洞洞暗沉沉，微微远见惨白的雪影映着，约摸知道是一片荒原。偶然一阵厉风，刮着火车烟筒里的烟，飞舞起来，掠过窗外，突然闪过万丈红光，滚滚的往东去。……十七日早晨还只到沃洛汶站（Oloviannaya Station），车又停住了。前面看得见一顶铁桥已经齐腰折毁，桥下压着破火车。——谢美诺夫的成绩。我们的车只能在河里冰面上搭的铁轨上走。慢慢的，慢慢的，挨着过去，只听着"轧只""轧只"的冰响，突然一震，硼然一响……"车要出轨了！……车下冰碎了！"好容易看着没有事，走过了。离此不远，又有一村，山色四围；金顶的教堂，还努力放他"中世纪"的光彩呢。十八日到赤塔，——远东共和国的新都城。从此又须费许多手续，致电莫斯科得覆电，再转北京政府，领事专车才能前进。我们三人亦须向远东外交部请签护照。赤塔离中国很近，是中国"消极的殖民地"——和南边的南洋群岛一样的性质，所以中国人非常之多，中俄两国劳动人民密接的文化关系，很有趣味。

赤塔车站前，就是一片空场。我们到后仍住在车上等消息，天天上去调查调查，天气却非常之冷，每走到空场中间，——离车站不过五十步——大氅上就已满身结霜。我有肺弱的病，每每觉着呼吸困难，温度也确已到列氏寒暑表零点下四十余度。我们调查，首先注意赤塔的社会生活。

荒落落的赤塔车站尽头，停着一辆火车，顶上五色的中国国旗，趁着寒风招飐,熹微的晨光,映着旗上的霜影,放出不自然的奇彩,要显一显他是新产生的西伯利亚之小主人——远东共和国——之第一位来宾。四围山色如屏幕,拥着全赤塔都城,居高临下,合抱而来,直到车站。山顶苍翠的松杉,隐在积雪之下,遥遥的含笑望着五色旗,时时放出清澈无比的"绿意"。车站上许多人忙忙碌碌的来往。身上穿的都是破敝不堪的重裘,满身油腻。待车室的门一开,便放出许多热汽。闲步走过待车室,必定闻着"俄国乡下人的臭味"。出车站空场上,远远就看见东零西落的房屋,战争时烧毁的建筑,残石剩础,凄然的哀诉资本主义的破产呢。脚下冰滑,——经冬满天满地都是冰雪,不到春末不消的。由此东去就近市场,远远听着嘈杂的人声了。

歪斜不整,污秽杂乱的街道,曲曲斜斜折入一个市集,屋角檐梢时时看得见五色的中国国旗。乱杂的人声里,只听得"东腔西调"的中国式的俄国话。严冬的清早,满市腾着"人雾",街左一间小铺面,低低的屋檐下贴着淡红色的纸联,上面写着歪斜不整的中国招牌。原来是一家中国茶馆,门窗开处冒出一阵阵的烟雾浊气。油腻褴褛大羊皮袍的俄国"苦力",满嘴嚼着白沫,两手抹着胡须,时时从他家门走出走进。市场进口又有一中国理发馆。我进去剃了一个头。和那理发师谈起来,他们亦是湖北人。他们说:"以前赤塔市面好得多呢,三番两次的打仗,闹得不成样子。我们要走也走不掉。穷党来了,安静了些。可是中国那班山东奉天的红胡子暗中捣乱。前天这里晚上还听得枪声,一个中国人被抢了几十元钱。他……"我道:"听说穷党政府要没收商货,中国人的怎么样?"他们道:"知道他呢!说是只说,每家商货只要登记起来。中国领事还要抗议'办公事'哩。……俄国人自己不敢做生意,还托着中国人的名儿。"又一个中国人,亦是来剃头的,插嘴道:"那陈老三可不是这样发财的么!……"进了市场,——只是一片旷场,横七竖八的小摊子。中国小买卖很多。俄国人的货物都是旧鞋旧袜。还有十七八岁的小姑娘背着一两件旧衣服兜卖的。我看见有苹果,顺便问一声,回道:"二十毛钱!"(俄国小银元,值中币一元。新政府还没发新币。)我道是一斤,他说:"二十毛钱一个呵!"我就不敢买了。

　　赤塔上乌金斯克(Werhne Udinsk)一带,从一九一七年革命以来,常常闹乱子,有钱的人——资产阶级——都已逃走了。军事时代中,经济上向例是起恐慌的,何况几次三番的这样乱呢。我们到时,正值乱事刚刚平静,还没恢复,黄昏时分静悄悄的街上,只偶然见一盏两盏电灯,寒气侵人,脚下尽是冰雪,飕飕的风声,越显得市面的萧条。我们同到赤塔一戏院去看戏。这里却又是资产阶级的遗产,完全的文明化,不过规模小些罢了。休息室里雪亮的电灯,门口站着守卫的红兵。男男女女围着室内散步簪花,一样有穿得很讲究的。我随便和同伴赤塔副领事葆毅——俄文馆的同学——谈起资产阶级在革命后所受影响,他道:"也不过如此。"——忽然他的思想一变,对我说道:"我劝你不要到莫斯科去……"却不回答我的问题。他同着的一个俄国女郎说道:"可怕得很!可怕得很!莫斯科去么?……"女郎披着紫狐披肩耸耸肩,慌慌张张的。……看完戏出来,那女郎又对我说,他家有一所房子,现在一大半充公了,自己只留四五间住的,其余尽让新来官员住,还有工人,……弄得一塌糊涂。我笑一笑也没回答。他又说:"这是赤塔布尔塞维克初来的光景,以后还不知怎样。莫斯科更不必说了。"资产阶级的心理,生来如此。

　　可是赤塔这个地方本不是工业区域,而是西伯利亚农业国的市镇而已。所以那地方土著的资产阶级很少,大多数只是"农业的"小资产阶级,外来的如中国人等,也是私人商业经济,小买卖小手艺等等。我在哈尔滨认得一俄国人,他在我临动身时给我一封介绍信,并托我带东西到赤塔亲戚处去。我因此在这家人家见着西伯利亚居民生活之一斑。

　　赤塔北郭已在山腰。松林寂寂,垂着银幕,铺着银毡,山气清新,丝毫城市文明的浊气,都已洗濯净净。我找着这家人家,走进栅门,就是一大院落,院子里拴着牛马,旁边放着牛奶桶。房屋都是纯粹俄国式的"木屋",又精致又朴实。到了里面,也有小小一间客厅,收拾得很干净。女主人看见我们是带信给他的,殷勤招待,还懂得几句法文,见我们俄国话说得不大熟,夹着俄法文问长问短。"……哈尔滨生活怎样?我们亲戚都好吗?"我们也随便和他谈谈赤塔的生活等。他说:"呵!赤塔么?生活比哈尔滨还要贵呢。糖也没有,茶也没有,几时你们中国才能运茶到我们这里来呢?以前这里茶也是很便宜的,面是本地出产,不用说了。现在面包贵得不成样子。离中国这样近,一斤茶都买不着。真正奇怪!你们还不知道呢,赤塔市面上钱没有。谢美诺夫在这里的时候,发了许多纸币,现在一个钱也不值,简直就是废纸。我这里还有一百几十万卢布呢。"说着就拿出一大包纸币给我们看,还送我们几张五百卢布一百卢布的。说着话,他的小孩子醒了,我们看他喂小孩子牛奶,——糖也没有,只用小匙子舀着一瓶预储糖水给那孩子。小孩子却尽嗓着要吃糖呢。说着话已到傍晚,主人回来了,又说了许多感谢我们的话。请我们吃饭,那黑面包却还可口,我和宗武说:"到莫斯科要是有这样的面包吃,也就不差了。"当晚他家又来了一位亲戚,是伊尔库次克(Irkutsk)派来购买食粮的。那客人不断的骂布尔塞维克,他本来是智识阶级。我们当晚回车,因不认得路,同那客人一路同走,又顺便问问他伊尔库次克的情形。据他说,那地方情形比赤塔坏得百倍。"唉!什么共产主义!布尔塞维克只会杀人。还有什么……"淡淡的月光拂着云影,映着寒雪,照见他智识阶级式的武断的头脑,——蓬松的头发胡须,油腻的颈项下,拖着破烂的领结,拥着乌黑的皮领,还点头摆脑咕噜着:"他们自己吃好的穿好的,还说是共产党……呢?"

赤塔新政府成立,多数党得握政权而宣言民主主义的共和国。这一方面固然是缓和外交的冲突,对全世界资本主义国家为缓冲地,别一方面也是恰合于西伯利亚实际的经济生活——小资产阶级的农业国。于是通商问题所首先接触到的中国侨工会，却枉然费了一番惊惶：中国商人以为多数党一握权政，就要没收他们的货物，——那时恰巧又是赤塔政府行第一步整顿经济的计划，——令私人工商企业家呈报存货数目。固然不差，中国俄国两民族在赤塔有实际生活上经济关系，社会关系，"阶级性"也相仿佛，都不是工业的资产阶级，无产阶级，即有也很少很少。然而国家经济的总计划，——保护"劳动者"权利的，共产党民主主义政府在相当范围内所当采的国家社会主义政策，——不得不侵及小资产阶级一部分的所谓"营业自由权"。我因这问题问及中国在赤塔的侨民问题，曾问过赤塔华侨联合会会长，看他的回答，就可见在西伯利亚华侨的生活，又可见小资产阶级适应实际经济生活要求的政治能力之限度了：

"赤塔有一华侨旅俄东部西伯利亚总联合会。在后贝加尔省共有分会十二处，侨商总共有七万人，赤塔当地有四千多人。那时华侨的商务，屡经战争，已很凋敝；到满洲里的交通断绝已久，侨商所有货物，都是旧存的。如其再有半年，交通不能恢复，赤塔以及各地华人商铺都得倒闭。至于中国侨商，在此地的自己颇能维持秩序——据他这样说。以前捷克斯拉夫，谢美诺夫，日本人一直到现在的多数党政府，无论那一种当权的人来，都和华侨会联络，信任他们。华侨会向来能自己组织巡防队之类的商团武装起来抵御红胡子。现在——就是我们在赤塔的时候——有些红胡子却冒充信仰共产主义，共产党有时竟相信他们，他们也就倚势妄为，处处和华侨会为难。然而无论如何，华侨会必定竭力维持'国人'的利益。我们华侨会费尽心血，却还要听许多闲话，也真难说了。……"——这却是的确的。我就听见许多穷苦的华侨，货物被赤塔政府依官价征收去了，官价一时发不出来，华侨会，赤塔中国领事又不肯认真帮他们办交涉，因此怨骂华侨会和领事。华侨会本身的组织本是代表"有"的阶级之利益的，"有"得愈多，愈能被选为会上的职员，——这是资产阶级"政治"组织的功能，也无足怪。所以当此赤塔政府下令调查呈报商货的时候，华侨会又和领事馆联合竭谋抗议，保护"他"一阶级的利益。华侨在赤塔很有经济上的势力，和当地的俄国人民利益相容，很倾向于共同对于新政府表示他的政治上外交上的能效呵。

一一

到赤塔后，又是迟滞不进。领事往北京，莫斯科两方面所发电报，等来等去不得覆音。时时听欧俄危苦的传言。车子一时没有前进的希望。于是我们三人中又发生改变计划的问题。在哈尔滨时亦因迟迟不行，想留哈研究俄文和共产主义，开春再定计划。到此听说赤塔亦可以找一私家（Pension）寄住，于是又发生这一计划。想在赤塔住下，研究远东共和国的政体及共产主义，俄文俄语也可以有练习的机会，这是我和宗武两人的办法。至于颂华呢，他不习俄文，就想回国。此行沿途都有阻滞，也真焦闷。幸而后来机会好，不然，目的地恐怕就此走不到了。

在此等待期间，除为社会生活调查之外，也曾访问远东政府的要人谈话。最初我们在远东电信通信社遇见一波兰兵官，他稍懂得几句英文。彼此谈起来也很有趣。有一天我们在远东电信通信社谈着，和通信社里几位记者说起中东路，他们说，我们最好见一见交通总长。波兰人欣欣然的说道："我介绍你们去……"

远东共和国交通总长沙都夫（Chatoff）的办公室，空堂堂的一间屋子，疏疏朗朗排着几张椅子。波兰人不脱帽子大氅，拖着泥腿的烂靴，一闯一闯的就进去了。他坐下，就伸手拿沙都夫桌子上的烟，说声："Mojeno？"（可以么？）就抽起来了。我和颂华两人就和沙都夫谈话。沙氏能说英国话，盛气凌人的说："请发问罢！"我们申述来意并说关于中东路问题，哈尔滨工党联合会会长也屡次和我们谈及，我们表同情于革命的俄国劳动人民，总算还能代表他们正当的利益，在中国舆论界上说几句话，此来经过赤塔，——还要到莫斯科去呢，——愿意知道知道远东新政府对于中国中东路的政策。他听说着，"总长"的气焰渐渐低下去，才和和气气的和颂华说："中东路，赤塔政府决定主张以条约的形式归还中国，中俄有密切的邦交，必须协力抵抗日本的帝国主义，中东路一旦落于日人之手，大非远东各小弱国之福……。"我们辞别出来，第二天又由波兰人介绍见食粮部总长葛洛史孟（Grosman）。葛氏很直率，有诚意，和我们解释新政府在食粮上的社会政策："俄国认中国为全世界最亲密的友邦，愿意和中国为同盟国，——远东共和国尤甚，——竭诚希望和中国通商，不过俄国因为久受封锁，货物甚少，容易发生投机商业，所以不得不以食粮等营业置于国家监督之下。凡是商人都必须呈报存货的数量，并受政府监督卖价，中国商人如能遵守这两条件，尽可自由营业。就是日本，亦可以和他通商，只要他抛弃侵略政策。商业之必须受政府监督，并不是什么社会主义，——远东国体本是民主共和国。不过投机商人私藏货物，市面上缺乏的时候，再高价出售，贫苦的劳动人民，就要受饿……"葛氏一面和我们谈话，一面办公事，忙碌得不堪。我们同着波兰人出来。波兰人扬扬得意说道："你看！我们这里非常之自由平等，'我要见总长就见总长'，可不是么！……"

当时远东共和国新成立，国民议宪大会方在召集，暂时只算临时政府。外交总长克腊斯诺史赤夸夫（Krasnochtchekoff）兼国务总理。我们到赤塔已两次求见，他正有病，不能会客。一九二一年一月二日，方是新年，忽有外交部部员传信给我们，说总理请见。当天晚上，我们到他家里——就在外交部。融融的灯光，映着丝罗的帷幕，穿过客厅，转入卧室，迎面来一晚装轻盈的少妇，——克氏的夫人，说着很纯熟的英语，和我们说，克氏有病，请勿过于多谈，恐怕他劳神。我们进卧室之后，见克氏躺在卧榻，很魁梧的体干，刚直的面貌，不象俄国人，却大有美国人的风度。我们问他的问题，早已交给他秘书。他虽觉精神不十分振作，却一一回答我们的问题，丝毫不梦；——最主要的意思是："远东政府，虽有共产党在内，然依本国经济组织，决采共和民主政体，不日召集国会——'国民立法大会'——着手于新国家之建设事业。远东对苏维埃俄国的关系，是一协约的同盟国，一切自主，唯外交得与莫斯科政府协商。对于中国，竭诚希望缔结密切的友谊的条约……"其余无关紧要，已有颂华的通信，此地再多谈，也无意味。克氏谈吐非常之诚恳，说到意思重要的地方，虽言语喘急，还尽以英俄文重复再四解释。时候已是九十点钟，我们道谢告辞出来。秘书对我们说，他们的国民立法大会，是采普选制的，凡十八岁以上的男女，不论财产的多寡，都有选举权，这次选举，共产党很有把握。……

"社会生活切近的感受，再比之于'外交式'的考察，使我得一结论：如其仅仅为政治外交上的交涉，大关节目的考察，或是有了'抽象名词爱'的社会调查家，那么，就是重要人物的谈话，参观，访问也就足够足够了，——况且这是'新闻记者'的责任；假使除此之外，还想为实质社会生活的了解，要了解人类文化意义之切实隐掩的深处，以至于人生的价值，个人与社会间的精神物质两方面的结构，那就不如以一无资格的'人'，浸入于所要考察的社会里，一方面又得于考察时，提出自己的观点，置之于可能的最高限度的客观地位上，然后所得才能满足自己的希望，——宁可比较的不完全些，不广泛些。"——所以我决定从此多留意于我自己冥求人生问题答案的目的，至于"新闻记者"的责任，只能在可能的——我的精力限度以内略略尽一些罢了。

一九二〇年十二月十八日到赤塔后，一晃又是十多天，虽则我们一方面为社会生活的调查，一方面做新闻记者"官样的"事务，足以安慰我的"失业苦"，然而我们同领事同行，同住在一车上，谈及中俄外交，所聆诸位领事的清教，又是"纯粹的中国式答案"：一面说得太抽象的，无着落的结论——"贪""廉"，"爱国""卖国"，这公使是"好人""坏人"；一面又说得太具体的，无原则的事实——"俄国人不请吃饭，看不起他，""俄国不信他的话，什么什么事不和他表同意。"不能回答我，中国外交界方面在某一时期，处什么地位，取什么态度。（譬如说：克伦斯基政府时，中国公使是中立，还是承认？）亦不能回答我，中国外交方面对俄革命有什么具体的意见，留俄华侨当如何处置。（譬如说：陈领事去莫，将行使何种职务，负何等外交上的责任？）亦许他们掩藏，而实在他们自己也不懂。同时，日常一处起居，无谓的应酬话："我在北京那天打麻雀输多少多少……"等，——这是我所谓中国式的实际社会生活，——因为彼此渐渐亲狎，也就得费许多宝贵的光阴去听他。可是就中却知道了中国外交界几件逸事——笑话！

　　陈广平领事在哈尔滨时，预先付印留俄华侨的护照。那一天护照印好了，印刷局的人送来，陈某赶紧慌慌张张匆匆忙忙的把他收起来，锁好，又打开，打开又锁上。到了晚上，陈某又把箱子打开，翻看护照，忽然拿着一张，一掀一掀的给刘守清看，说道："到了莫斯科，这就是钞票呵！……"护照费的意义原来如此。我现在想象，他说这话时的笑容，还俨然如在目前呢。

　　那时的赤塔管尚平领事，以前在伊尔库次克领馆里，因为和馆员分护照费不均匀，相打起来，因此撤差。现在在赤塔和商会（华侨会）倒还合得拢。反正赤塔亦没有别国领事，尽他一人，和远东搅罢。我还记得他第一次和我谈话，灰白色的头发，皮笑肉不笑的脸，打着无锡调的官话，和我这常州人谈话呢："赤塔这样乱，幸而好，侨商一毫没受损失……幸而好，……哈哈哈！"唉！官僚！官僚！

这种绝对两个世界的人，——无经验的青年和陈死人的官僚，——相处在一起，日日谈些面是心非的话，精神上的痛苦，固然很大，却还可以借此一窥中国旧生活的内幕。赤塔的生涯也便如此。寒风凛冽，西伯利亚的色彩已鲜明了；"民主共和的"中国的代表，亦决定日期起程前去，叩苏维埃的，社会主义的俄国的大门了。一九二〇年完了；一九二一年开始了。赤塔车站上鲜明的中国国旗，时时映照"民主共产"的远东之穷苦国民的颜色，他们寒颤颤拥着泥烂敝裘，挽着筐子篮子，对着"银烛"高烧的中国专车，闻着"朱门"的酒肉臭呢。"中国人过年了。"在这时却还要些点缀，赤塔领事馆和莫斯科领事循例道贺。这还不算。"中国的"消遣品——麻雀牌，牌九之类——非得请出来"以光佳节"不可！于是我更落于精神的监狱里：一面不得不应酬应酬他们，一面心上挂念着种种须整理的材料。

赤塔共产党委员会送我们许多书籍杂志，我在他们赌博的余暇中，勉强翻阅翻阅。所得如《俄罗斯共产主义党纲》，如第三国际之杂志《共产国际》，《社会主义史》等，披阅一过，才稍稍知道俄共产党的理论。新年过了，一月四日，启程的诸事停妥，又开车西进。一切停滞的计划都打消，安心向目的地进行罢。哈尔滨得空气，满洲里得事实，赤塔得理论，再往前去，感受其实际生活。

一二

阴沉的天色，几万里西伯利亚的广原，蒙着沉寂冷酷的雪影，寒意浸浸，天柱地轴都将冻绝。"冷酷""严肃"的天然隐隐限制生活之迫促，虽令人失冥幻想象的乌托邦乐及优游余暇的清福，却能消灭"抽象名词爱"的妄想的所谓智识劳动的奢侈毒。宇宙的本质结晶于假设的现实世界，——生活的意义只有两端：在此现实世界内的世间生活，与超此现实世界上的出世间生活。如其无能力超脱一切，就只能限制于"现实"之内，第六识（意识）的理解所不能及之境界，却为最浅薄最普通的"现实感觉"所了然不误的。显现生活的情感（空气atmosphere），虽不与人以切实的了解，却也不生意识上的错觉。传达思想的文辞（理论），表示情况的名物（事实）[1]，却都只能与人以笼统抽象的概念，不见现实生活是绝对不能明白了解的，而且常常淆乱人的思断。人类表示思想，传达事物的言语文字本来只能在某一限度内抽

---

[1] 理论：理论如言俄国土地之社会化（Socialisation），如言无产阶级独裁制之实行；事实：事实如言俄国全国食粮只有若干铺德，如言"饥荒""寒冻""工业不发达"。——作者注

出一相对合于"现实"的概念，因此思想的本身也受这"惰性化"的影响，只凭主观概念中的理解去思索论断现实生活。——于是往往使现实生活堕于抽象的恶化。"当使现实了然显现，以立真理之世间的一方面，必须令理论的文辞，事实的名物服从于现实生活；而现实生活，因得自此映现的情感之助，而能驾驭得住文辞中的理论及事实之抽象性。"身离赤塔，不日入"赤国"，我实行责任之期已近，自然当立此原则。从此于理论之研究，事实之探访外，当切实领略社会心理反映的空气，感受社会组织显现的现实生活，应我心理之内的要求，更将于后二者多求出世间的营养。我的责任是在于：研究共产主义——此社会组织在人类文化上的价值，研究俄罗斯文化——人类文化之一部分，自旧文化进于新文化的出发点。寒风猎猎，万里积雪，臭肉干糠，猪狗饲料，饥寒苦痛是我努力的代价。现在已到门庭，请举步入室登堂罢。

寒气浸浸的车舱里，拥着厚被，躺在车椅上，闭眼静听，澎湃的轮机声，怒号的风雪声，好一似千军万马奔腾猛进，显现宇宙活力的壮勇，心灵中起无限的想象，无限的震荡；一东方古文化国的稚儿，进西欧新旧文化，希腊希伯来文化，剧斗刚到短兵相接军机迫切的战场里去了：炸爆洪声，震天动地，枪林弹雨，硫烟迷闷的新环境，立刻便震惊了"东方稚儿"安恬静寂的"伪梦"。——新文化的参谋处，一面要定攻击西欧旧文化之战略，一面要行扑灭东欧半封建文化遗毒的抗拒战斗力之计划。正是军书旁午千钧一发的时机，何况战略的玄妙在于敌人反抗力之利用，新建筑的构成在于安顿基础之苦功，请看他所负责任的重大——全人类新文化的建设！他所为工作的艰苦——数十重"文化落后障碍物"的排除！无怪搏战所用的力量如此之重，战争过程活现得如此之剧烈。"东方稚儿"！你只待春梦初醒，冷眼相觑，那战线渐渐展开，炮弹远度之所及，不由得你不卷入旋涡呵！

四日离赤塔，当晚到上乌金斯克。睡梦之中，听见上乌金斯克华侨商会会员上车来见总领事，诉说那地方红胡子哄着俄国多数党反对商会，派兵搜查，诬蔑商会长，剥去上下衣勒索，要求总领事办理。他们絮絮叨叨咕噜着，那实实在在中国北方人的笨声音诉说个不了。——这件事后来不知道怎样结果。五日深夜到色楞河边，远东及苏维埃俄交界的地方。到此一带真是黑暗阴幽的所在。现在在政治地理上是民主的远东国与苏维埃的俄国交界之地；文化上是东西杂色的俄国积极殖民地文化，与北方中原的中国消极殖民地文化融会之处。经连年战乱，刚刚平定，奄奄一息，正如久病之后，勉强得一点生机，元气亏耗，病根还没有全去，未来的命运恰在当地劳动人民之手呵。"查票了！护照，护照！"寒梦惊醒，黯黯的烛影，寂寂的风声，车已停住，听着窗外轻轻的一阵一阵雪花簌簌的飞转。人声嘈杂，车上的人都检护照。我出来把护照验过，深夜寒甚，又复睡下。听着隔舱人声，似乎查票的没有走。朦胧睡梦中，只偶然听到断断续续的谈话："这是什么？有Cognac（白兰地）！"——听着一人答道："有便怎么样！这是外交人员的特权……你想……我不……"这确象是中国人说俄国话的声音。接着极粗笨的俄国人声音，声浪很重，可是语音模糊："……你们中国……没有；我怎么没见上面来电……本来不能放……"——"怎么样？"寂然半晌，语声不可辨。忽听又一个俄人的声音："我们打电到伊尔库次克……走罢！……那边自有办法。……"天色渐渐明亮，车又开了。

六日清早醒来，已到美索瓦站（Mezovaya）。极望一片雪色，浩无边际，道旁疏疏落落几株槎枒的古树带着雪影，绝好一幅王石谷的《江干七树图》。车进站后停下，就有三个中国人上来求见总领事，说他们许多苦状。美索瓦是苏维埃俄东方边境第一站，到此当换车头，原有车头要退回远东，所以车停足有四五点钟。因此那三个中国人要求总领事接见当地全体侨工。总领事极力安慰，说"不好太费事"。我们顺便和那三人谈谈。美索瓦有中国侨工二百多人，大概都是做苦工的。他们说着，颜色凄然："……不能回去，有什么法想呢！……一个月我们现在得了三十斤黑面包，只够半个月吃。大家都得做活，不做活的呢，更坏！'登'上大狱。要到别处去也很难，……"

车停在站南头等着开发。我们在车里吃饭，旁边走过去好几辆运兵的车，一个一个，穿着褴褛不堪的兵衣，顶着油腻污秽的皮帽，都伸长着颈项看中国专车里的白米饭，牛肉，白菜呢。过了一会，一辆车停住在我们车窗前面，就有几个兵向我们车窗里做手势要香烟吃，我们给了他们几支，千谢万谢着去了。

我们的车原是因为误了趟，远东交通总长沙都夫特派一单车头送过来的。车手得到了美索瓦站站长另派车头引车西去的消息，他就上车来道别，回赤塔去，要几支烟。他说："可怕可怕……生活真难呵！我一个月薪水七百元苏维埃卢布，买一盒洋火倒要二百元。……"

"赤色"的火车头来带着我们的车进苏维埃的新俄了。七日一清早，朦胧睡梦初醒，猛看见窗外一色苍白，天地冻绝，已到贝加尔湖边。蜿蜒转折的长车沿着湖边经四十多个山洞，拂掠雪枝，映漾冰影，如飞似掠的震颤西伯利亚原人生活中之静止宇宙，显一显"文明"的威权。远望对岸依稀凄迷，不辨是山是云，只见寒浸浸的云气一片凄清颜色，低徊起伏，又似屹然不动，冷然无尽。近湖边的冰浪，好似崚岩奇石突兀相向，——不知几时的怒风，引着"自由"的波涛勃然兴起，倏然一阵严肃冷酷的寒意，使他就此冻住，兴风作浪的恶技已穷，——却还保持他残狠刚愎倔强的丑态。离湖边稍远，剩着一片一片水晶的地毡，澈映天地，这已是平铺推展的浪纹，随着自然的波动，正要遂他的"远志"，求最后的安顿，不意不仁的天然束缚他的开展，强结成这静止的美意，偶然为他人放灿烂突现的光彩。凄清的寒水，映漾着墨云细雪，时时起无聊畏缩的波动，还混着僵硬琐碎的冰花，他阵阵的绉痕，现于冷酷凄凉的颜面，对着四围僵死冻绝的乡亲,努力表示那伟大广博的"大"湖所仅存的一点生意:"呵!不仁的'寒'神震怒,荡漾狂澜几乎全成僵绝的死鬼,所剩我这'中心'一毫活泼的动机,在此静候春风;和煦的暖意,不知甚时才肯惠临?……"

一三

　　七日下午三时车到伊尔库次克,站长命令教把中国专车摘下来,停在车站尽头。随即上来了几个人,口称得到边境来电,中国专车带有秘密文件,须得扣留检验,扰扰半天,查不出什么东西来,刘守清又骂了他们一顿,才算掩旗息鼓的下去。那副领事刘守清气狠狠坐下说道:"他们现在那里来这许多犹太人,真歪缠得很!这还不是那天要白兰地没要着的小子弄的鬼么?今天一闹又闹晚了。明天非得去找当地的外交当局不可。……"我听了才想起那天晚上听见的谈话,原来有这样一段故事在内呢。车离车站足有四分之一里远,我只听得他们来来往往的上车站打电话。到晚上十二句钟才听说,电话打通了,那边认错,答应好好接待,一有通车,就可以挂车前进,只待明天当面再谈一谈罢了。……大家的疑虑才烟消云散。

　　冷清清漫天的雪色,镇着死神似的沉寂,清早的严寒,掩没了熹微的晨光,云影滞凝,死也不愿开展,反令人觉着死沉沉的暮气。只有那疏疏密密的枯枝,时时战颤,忍着百般痛心切骨的苦恼,静待遥远未来的春意呢;偶然残酷的北风拂拭簌簌的雪响,好一似力尽声嘶,耐不住疼痛，突然漏出一些畏怯的呻吟。车站外长河已经冰冻着一半，架着木板的码头，满盖着冰雪。从此桥渡河进伊尔库次克城，——走尽桥端，上"苏维埃渡船"，一只小小的火轮，也已征收公用，不费渡钱，可是不但桥上冰滑，再三再四几乎滑下冰里，就是船上也是污泥痰秽，烟气迷闷。站出船头，宁任寒战风侵，也比闷闷的站在舱里好些。回看阴阴凄凉的天色，近车站高岗上的树影，还远远的含笑点头致意呢。我同刘守清渡河，经此二十分钟就到"彼岸"。刘君想找西伯利亚外交委员，我也得去验一验我们来俄的种种文件，——得知道知道他们招待的态度。上岸之后，只见荒凉的街市，一片雪影，足迹都非常之少，可怜的店铺掩着双扉，从外面看去，好象都是没人住的。沿着道旁慢慢的走，偶然遇着行人，问一问街道，大概都不能清楚回答，走得精疲力尽，想找一辆马车，也找不着。转过三四个弯，远远一条长街只看见三四个人，蹀躞着，缩头缩颈歪斜着走；却有一辆冰橇停在路旁，我们赶紧去问一问，要的价钱贵得可怕，不能坐，又往前走。好容易问着一人同到外交委员家里。我们一进院子，看见一女郎穿得很整齐华丽（那一天是希腊教耶稣降生节），自己捧着木柴拿斧子在那里劈呢，院子东角上两间小屋前站着两个人，远远的看不清楚。忽然听着中国话的声音，抬头一看，那两人已经走近，原来是中国人。我们正在谈话，听得那女郎高声叫道："华西里（中国人的俄国名字），唉！帮一帮我，Radi Boga！（意为'看上帝面上'——俄国俗语）"那一中国人就去帮他劈柴；还剩一个，拼命的拖我们到他屋子里去，他媳妇也是俄国人，出来见我们，彼此问长问短。他们同外交委员住一院子里；外交委员住"上房"，他们住"下房"。那天外交委员不在家，只得留话便走出来，同着那中国人，找到留伊的副领事薛君处。

　　现在已经进了饿乡了。饿乡的滋味却还没尝着。可是，在伊尔库次克，赤军刚刚占领不到半年，兵燹之后，余烬还没全熄，一切建设都还在草草初创，或者一毫都没动手呢。那地经济状况，在那时为全国最窘急的地方。我们在薛君处第一次吃着"苏维埃的黑面包",其苦其酸,泥草臭味,中国没有一人尝过的,也没有一人能想象的。可是那天席间还有些鸡鱼。据他们说,布尔塞维克来了之后,商业一概禁止,这是乡下有熟人偷买上来的。我们因问起工人职员(官吏)的生活,据说口粮分好几等:从每月十五斤(俄一斤抵中国一斤之四分之三)到每月四十五斤黑面包。薪水最多的不过八千卢布,依那时卢布的行市只抵到中国的八角钱。吃完了饭之后,觉着身体轻松了好些,冷风里跑了三四个钟头,得在软椅上躺着,又饱又暖,听着桌上"自暖壶"细细的私语,随意谈话,听来都感新奇的奇闻,这也是饥寒之国的一瞬间的乐趣。薛君所住的房屋,还有一工程师及一中国医生;电灯房费都很便宜,房子是后来简直完全免费了。他们介绍我见那工程师,走进屋子,只见烟沉沉的依稀映着一老瘦的人面。旁边还坐着他几个亲戚——女人,工程师恭恭谨谨的请我们坐,我心上想:今天第一天进赤色的苏维埃俄国的城市——饿乡,怎能不知他们主张"饿"的人究竟是什么样的一种人生观,因问工程师是不是共产党。工程师放下烟斗,破壳的喉咙里发出嘲笑的声音,而又带着愁惨的声调,说道:"我?共产党!咦!……"旁边有人插嘴,指着一女郎道:"他是共产党。"我就回身问他共产党的党纲;并看他脸上涂脂抹粉的,很可笑的形容。那女郎楞着,只是笑,勉强说着一两个字,又顿着不说,似乎害羞不好意思。……工程师抢着说:"党纲好极了!好极了!可惜梦想,幻想;枪,监狱,监狱……"老工程师在铁道局办事,屡次怠工,唾骂布尔塞维克,下狱三四次,依旧如此,劳农政府没有技师,也只能听他。他又说:"乡下人的鸡鱼鸭肉一概都行集权制,怎么办得了,又不准做生意。办事的人才有饭吃,不办事的,——也许他不高兴,——可不行了。好罢,看着罢!究竟怎样?……"可惜他所说都是零星片断,不能给我一明晰的观念。那天谈着,不觉得已经是晚上八九句钟了,辞了主人就回车上。

九日上午八时,一切都已接洽妥帖,开车。在伊不过两日,只得一闪烁的印象，一切还留在我幻想中。社会的实际生活，卖书买面，极普通极平常，不如理论的深奥万倍，粗看虽只见"黑面包"一极具体的事实，而意味深长，要了解他须费无限的心灵之努力。——反不如社会主义深奥理论的书籍容易呵。冻澈的轮机声随着我的幻想颤动，从此又西去了，渐渐的入欧俄了。

十一日过乌客（Uk），砦木沙尔（Zamzor），十二日晚过克腊斯诺雅尔斯克（Krasnoyarsk），十四晚过新尼各拉叶斯克（Novo Nikolaevsk）——正是俄历新年，在车里亦没能看一看俄国旧俗，十五日过发腊宾斯克（Farabinsk），十六日到沃木斯克（Omsk）。沿路车行甚慢，只有漫漫的雪色，阵阵的风声。到沃木斯克又要办交涉，因此再停顿。

车站上行人很多。我们上站走了一走，离站不远一荒场上聚着许多人，似乎是市场，我买一盒俄国烟，价值倒要一千七百五十卢布。市场上的俄国人都穿得褴褛不堪，看见中国人来都围着兜卖。遇见一中国工人，谈起来，说是：一九二〇年春天那地方还可以做小买卖，后来全充公了，强逼做工，一天一斤半黑面包，现在商业禁止，这市场上的小买卖还可以做，可是从前每每因为工人缺乏，全市场都赶进工厂做工，这两天才稍为松些。中国人有二千多，新尼各拉叶斯克有四五百，做工还好，不做工的很苦，也只得偷做些生意。华工会发的护照勉强可以保护工人，可是非钱不行。我听着有无限的感触；极目荒凉，黯黯的夕阳，投着散乱的人影，寒气浸浸，回头一看，已经满身都是霜了。

在伊尔库次克时外交委员答应打电到沃木斯克可以领些食物，到此交涉好久才出官价二千多卢布买了面包牛肉鸡子等。可是当天（十六日）晚上，车停在车站尽头，我们货车上的锁被人扭断，偷去面十铺德，陈广平咆哮大怒，噪了半天，也就无法可想了。

十天以来我的生活一发无味枯燥。西伯利亚快过完了。生活上的感想，只觉得全宇宙盖满了阴沉沉的肃气。我主观的人格抑郁到极处，应当豁然醒悟:请看恬静可爱的"俄国乡下人"百年来奋斗争取自由……到现在不容他口口声声否认,不得不承认外围的社会力。梦想!幻想!离社会求个性,个性在什么地方呢!

社会是整个的具体的,假使了解他,或者还嫌"社会"一字,抽象的名词为多事呢。西伯利亚中世纪的社会,半封建的经济组织,离共产主义有多远!俄国的所谓无产阶级革命的伟力竟渐渐的侵犯蚕食他。我只见实际生活:俄皇政治,欧洲大战,国内战争,在宇宙的大海内涌起巨波,震荡西伯利亚的小舟。社会革命,俄国的社会革命,不是社会思想的狂澜,而是社会心理,——实际生活"心"的一方面,——及经济生活,——实际生活物的一方面,——和合而映成的蜃楼。来俄之前,往往想:俄罗斯现在是"共产主义的实验室",仿佛是他们"布尔塞维克的化学家"依着"社会主义理论的公式",用"俄罗斯民族的原素",在"苏维埃的玻璃管里",颠之倒之试验两下,就即刻可以显出"社会主义的化合物"。西伯利亚旅行的教训,才使人知道大谬不然。

"只有实际生活中可以学习,只有实际生活能教训人,只有实际生活能产出社会思想,——社会思想不过是副产物,是极粗的现象。"西伯利亚的人民在严厉的教师之下,自然的学习呵。

主观的我在客观的物之中,何容你呓语连篇的求解放呢。

一四

　　十天以来，伊尔库次克暮霭沉沉中的晚钟，沃木斯克追赃查贼时的骂咤，沿途褴褛瑟缩的人影，车行风掠雪碾的厉声，中古神教威权的想象，现代国际公法的痴念，远东泰西西伯利亚人文的混合，帝国主义狂暴之下的呻吟，人类文化热病之中的喘息，——一切一切融和会杂复映而成我的心灵之印象。亲亲热热抱着这一印象来到"现代的文明的"欧洲之遥远荒僻，"现代性"（contemporanéité）色彩还很淡很淡的边境，——十八日离沃木斯克，二十日到都明站（Tiumen），欧亚的交界。当晚到嘉德琳堡（Catherinburg），那地矿产非常之丰富，宽洪大量的"天然"，含笑看着：人类因"家事"扰攘，蜗角牛斗，还竟没闲暇去聘请他（"天然"）以奏天下太平的盛乐呢。依稀恍惚的幻想，伴着震荡飞掠的旅梦，掩没在寒衾里，二十一日清早醒来已在乌拉岭（Ural）上郭同站（Kordon）。白雪四山掩抑那丰富的"天然"，不见无产阶级实业家的轮椎，却只见诗人呼啸清新的美意。

　　长林迥密，随着高低转折的峰峦，蜿蜒漫衍，努力显现伟大雄厚的气概；闪烁晶光的雪影映射着寒厉勇猛的初日，黯云掩抑依徊时，却又不时微微的露出凄黯的神态；松杉的苍翠披着银铠晶甲的圣衣，固然明明轩昂有骄色，表示他克己能耐忍受强暴的涵量，倏然忽起狂吼的怒风，号召四山的响应，万树枝头都起暴动，簌簌的雪花不由的纷纷堕落，虽则越显得寒厉的"冬之残酷"，然而散见零星的翠色，好一似美人的眉飞目舞，已确然见温情蜜意的"春之和畅"之先声。一干一枝拥着寒雪，只觉得冷凄凄的外围掩抑他的个性，渴望和润的幻想虽充满了他的内力，究不敌漫天盖地宇宙的伟力。等到万树长林，震荡巨波泛滥的风暴，才能群起蜂涌，摇展飞动。其时虽得不着内力充分的发展，——本是盲然蠢动，何尝立刻得饮春风中的甘露，却也如巨潮澎湃，嚣然不可复当，暗示天意的回转。何况他们占东半球大陆的领袖地位，据高临下，安镇乌拉岭崇峻的峰头，为大地之脊，上接飞舞的长云，下临寒澌的小流，暗示全世纪以宇宙伟大的动力呢。

长蛇蜿蜒的火车在乌拉岭上缓缓的游行，山色清新时时投入车窗，成飞掠转折翠白相间的画影。顺山麓西下的时候经一小站。在山凹密林的中间，当窗突然显现可爱的俄国乡村。琐居复凑的木屋，盖着一片白雪，中间矗立希腊教堂的塔影，铜顶的光彩闪烁不定，和四围万树的雪枝相语，只有午钟初动，传响山壑时，突然打断他们密密相诉的情话。车窗外有一老人，掘着铁轨中的死雪，模糊的须影里露着忠诚朴实的面貌，披着破旧油腻皮氅，把着铁铲，勤勤恳恳的一铲一铲抛那雪块。笑嘻嘻手搀手飞跑来了两个小孩，约摸七八岁。老人似乎和他们说着几句话，一个小孩就拿起雪铲帮着铲雪，那一个两手捧着雪块搬运；大约有十几分钟，铲雪的放下铲子，从破口袋里掏出来一块黑面包，捧雪的忙忙的抛下雪块赶来要着半块面包；两个小孩相对着吃，笑嘻嘻的似乎谈什么事情：忽然捧雪的捡起一块雪掷去，掷在那铲雪的肩上，两个又扭在一块，相打起来；一个翻倒在地，一个往前就逃，翻倒的站起来就追；那时老人举起铲子，只看见他蓬松胡须的嘴唇乱动，似乎说着一大篇话似的，小孩子却头也不回。我正看得出神，忽然"嘟"的一声汽笛，车已动了，那老人和小孩都渐渐不能看见了，只有那老人体力工作时和蔼沉静怡然自乐的笑容和小孩子活泼天真的神态，还在我心里留一印象。

二十二日晚下乌拉岭西麓。经小站，有一俄国村妇携着一筐鸡子要换食盐，——我们带的盐却很少——只得出三万苏维埃卢布买了他一百枚。问他为什么不愿意要钱，他说："这样的布尔塞维克的钱有什么用处，反正什么也买不着，只有外国人带点子'product'来就换些用用。盐呢，糖呢，布呢，少得很呵。那……那花花绿绿的纸票，干什么！我们自己也是拿东西换东西，'上面'还不准呢。"从此往西，每站都稍须有些东西买，只算是偷做的生意。伊尔库次克到乌拉岭，沿路火车站上是绝对没有小买卖。到此才见物物交换的原人经济。此后共产党改变经济政策，三年来喘息方定，才着手于经济改造，经济组织因工商业的恢复，或者渐渐的进步到现代的文明，建筑起共产主义社会的基础。（这已是一九二一年三四月间的话。）那时呢，还只见一般可怜的"偷做生意者"呵。二十三日晨，经维阿德嘉（Viatka），二十四日到复洛葛达（Vologda）。愈往西愈近俄国的工业区，已出中世纪而进现代，所以西来渐渐觉着有生意，车站上往来的行人也穿着得比较好些，整齐些，不象东西伯利亚的穷窘形状了。简单的物质文明的进步观念，原来在人类文化上有很大的意义的。"克己复礼"爱人如己的废除私有制，唯心的社会主义，究竟只侥幸他身家好，受祖父几世的教育文化，铸成这样社会主义家的慈善心肠，那知就这点教育文化也是唯物的经济组织中剥削劳动而得来的呢。只有这一带新俄罗斯居民，因经济组织的落后，虽政权入了共产党之手，何尝就能全无私有观念的人呢。不仅如此，这一区（欧俄东部）入苏维埃版图，还在十月革命一年及一年半之后。风起潮涌的自由战激励他们驱逐地主，打破封建遗毒的偶像。等到农民得胜，初赖共产党的指挥操纵，分到了土地，小资产阶级心理发现，屡次为白党利用扰攘多时。实际生活的教训和社会心理的内力如此之显著呵。唯心的"社会主义试验家",也只好干笑罢了。

　　复洛葛达离彼得城六百余俄里(一俄里抵中国二里),是北线(Sieverney ligne)的腰站,从此折往南四百七十俄里就到莫斯科。

　　车轮雷辗,鼓动热烈的声浪,血气奋张,含着不定的希望,舞手蹈足似的前往,经俄国大河复尔嘉(Volga)的上流,铁桥两面,望去已经隐约看得见两两三三的工厂的烟筒。二十五日早起,忙着整理什物,四十多天的火车生活快完了。天色清明,严肃的寒风,裹着拥锦的白云越发谨饬,宇宙含笑融容,都和煦我的心灵,使勿太沉寂。满目雪色长林,欣欣然迎我这万里羁客。苍苍的暮霭,渐渐地漫天掩地的下罩,东方故国送别的情意,涌出一丸冷月安慰我的回望。轮机轧轧,作谐和的震动,烟汽蓬勃喷涌,扑地成白云缭绕;夹着木柴火烬的飞舞,星星在长林墨影冻堤白雪上显现灿烂勇武的"红光",与飞掠的车龙更抛拂他们成万条宛转的金翼。沿铁道两旁,行近莫斯科郊外的地方,夹着两排疏疏密密的雪树,车行拂掠着万条枝影前进,偶尔掠过林木的缺处,就突然放出晶光雪亮的寒月,寒芒直射,扑入车窗,如此闪闪飞舞突进,渐近莫斯科。已经遥遥看见城中电光明处,黑影中约略还辨得出喘息稀微的工厂烟汽。几分钟后已到莫斯科雅洛斯拉夫站(Yaroslavsky Wokzal)。那时是一九二一年一月二十五日晚十一时光景,太阴历的庚申年十二月十七。寒月当空,嘈杂的人声中,知道已到"饿乡"了。

　　赤国的都城也就是四世纪前俄罗斯莫斯科时代皇朝的旧宫。处于欧洲无产阶级"心海"的涛巅,涌着俄罗斯劳动者心血热浪,颠危震荡于资本主义风飓之中的孤岛已经三年有余了。"赤都"第一夕的心影,留一深切的印象,东方稚儿渐渐自觉他的内力,于人类文化交流之中求一灯塔的动机已开,饿乡之"饿"如其不轧窒他的机括,前途大约就可以见平风静浪的海镜,只待于百忙之中,将就先镇定了原人时代海运的帆篷舵索,稳稳的去探奇险。

　　社会革命怒潮中的赤都只是俄劳动者社会心理的结晶。社会结构的幼稚，或者可以说现代人类文化的程度不过如此，群众心理的表现，大部分还只能如婴儿饥渴求饮的感觉。三年以来，奔腾澎湃的热浪在古旧黑暗的俄国内，劳动者的"生活突现"，就只在勇往直前强力怒发的攻击，具体的实现成就这一"现代的莫斯科"。他们心波的起伏就是新俄社会进化的史事，他们心海的涵量就是新俄社会组织的法式。实际生活中的社会心理变迁再变迁，前进再前进，遥远的未来如果能允许俄国劳动者以胜利，也得先立条约：以他们在"实际生活学校"中的成绩作预支"胜利基金"的信用（credit）。

赤色的旗帜之下——新莫斯科——只能见很稀很少的唯心派社会主义试验法的痕迹。社会进化史是社会心理变迁的记录，就是只显露情感感觉流动的"阴影"；他不是社会思想，社会学说的学案，并无理性分别计较试验的公式图表，本来群众心理还非如个人心理之有理性意识（第六识）作用的表现。

一五

　　白雪的沉影下，盖着六层的大楼，一面遥对克莱摩（Kremlin）皇宫的殿阙，一面俯接帝国大剧院院顶上雄伟的铜马，这是旧时莫斯科最大的旅馆，现时俄罗斯联邦苏维埃社会主义共和国的外交人民委员会。四层楼上，一间办公室，窗帘华丽而破旧，稀微的雪影时时投射进来；和软的沙发，华美的桌椅时时偶然沾着年久的尘埃，欣欣然的欢迎远客；打字机声滴滴铬铬不停，套鞋沾着泥雪在光滑可爱的地板上时时作响；办事员都裹在破旧的皮大氅里手不停挥的签字画押，忙忙碌碌往来送稿；兴兴勃勃热闹的景象中，只有大病初愈的暖汽管，好一似血脉尚未流通，时时偷着放出冰凉的冷气，微微的暗笑呢。这就是外交人民委员会东方司司长杨松（Yason）的办公处。杨松微微含笑对着远来的新客道："我们这里怎么样！……可是很冷呵，你瞧我穿着皮大氅办公呢。……中国的劳动人民自然是对我们表很亲密的厚意，可惜协约国封锁以来，谣言四布，他们未必得知此地的实情，或多误会。诸位到此，正可为正直的中国人民一开耳目，为中俄互相了解的先声。我们能不竭诚欢迎吗！不过我们处于极窘急的经济状况，一切招待有不周到的地方，还请原谅。……"

到莫斯科的第三天就得到外交人民委员会发给的"膳票"，并且派一人同往外交委员会的公共食堂。饭菜恶劣，比较起来，在现时的俄国还算是上上等的，有些牛油，白糖。同吃饭的大半都是外交委员会的职员。我看他们吃完之后各自包着面包油糖回去，因问一问同行的人。他说俄国现在什么都集中在国家手里，每人除办事而得口粮外，没处找东西吃用，所以如此。"譬如你们这种'双喜'烟，我已经一年多没抽到这样好的烟了。……你们通信，可不要写俄国的坏处呀……哼哼……"他忽然低声的问道："你们有鸦片烟吗？"……"怎么！竟没有！……我听说此地的中国人常常有抽的……"公共食堂是以前的旅馆，外交委员会职员大半都住在里面，却是很方便的。过不到几天（二月二日）外交委员会就派汽车送我们到一公寓。这公寓亦是旧时的旅馆"Knyaji Dvor"。我们三人占了两间屋子。桌椅床铺电灯都很完全。草草收拾整理停妥，房间汽炉烧得暖暖的，吃饭在公寓里有饭堂。饱食暖居，凭窗闲望，金灿灿辉煌的大教堂基督寺的铜顶投影入目，四围琐琐的小树林，盖着寒雪，静沉沉的稳睡呢。这种物质生活的条件，虽然饮食营养太坏，亦满可以安心工作了。我想一切方便，都赖旧时旅馆的结构处置，公共居住公共消费，也可见资本主义给社会主义打得一好基础呵。可惜三四个月之后，劳农政府实行新经济政策，食粮停发，饮食的方便，在我们公寓里，因此就消灭了。——这是后话。

东方稚儿已到饿乡了。回看东方的同胞在此究竟"如何"。我们到莫斯科十天之后，就刚值全俄华工大会。会中从俄国各地到的代表约有近二百人。所代表的人数尽在欧俄的总有四万多。他们有从法国德国欧战时逃回国没成而流落此地的，有向来在俄经商作工的。现在呢，工作的物质生活条件很窘，往往迫得营私舞弊。一百多代表中"识字知书"的很少，可是穿着倒还不错，——真可佩服的中国人的"天才"！然而他们听说我们来了，异常之高兴欢迎。长久不听见中国国内的消息，他们也正如渴得饮。我们随便谈谈国内的学潮,却也只激出几句爱国的论调。陈领事不敢出席,——不知因为什么,——各代表都不满意。会议中的要案,因为当时还禁止经商,大家都想回国,所以最重要的就是"回国问题"。——结果都推在领事身上。至于其余的组织问题,乱七八糟,不用说自然是中国式的组织!大会之中我因此得认识些中国侨工,后来也常往来。只可怜饿乡里的同胞未必认所居地为饿乡呵。

饿乡!饿乡!你还是磨炼我的心志,还是亏蚀我的精力呢?工作开始了,看着罢。

我们的工作条件是不很困难的。杨松介绍我们许多地方,可以搜集材料,访问要人。第一就见着俄罗斯共产党机关报《正道》(Pravda)的主笔美史赤略夸夫(Mechtcheryakoff)。他指示我们参观的手续,一切种种,从他开始。同时东方司还派一翻译郭质生,他懂中国话,生长在中国,所以有中国名字,虽然他不能译得很好,我们也另有英文翻译,亦是外交委员会派来的,自己又可以说几句俄文,本来用不着他,然而后来我同郭质生竟成了终生的知己,他还告诉我们许多革命中的奇闻逸事,实际生活中的革命过程。因此我们正式的考察调查从那天见美史赤略夸夫起,"非正式的"考察调查也从那天见郭质生起。

雄伟壮丽的建筑,静悄悄的画室,女郎三五携着纸笔聚在一处一处大幅画帧之下。——这是德理觉夸夫斯嘉画馆(Tritryakovskay gallereya),我们在莫斯科第一次游览之处。那地方名画如山积,山水林树,置身其中,几疑世外。兵火革命之中,还闪着这一颗俄罗斯文化的明星。铁道毁坏,书报稀少,一切文明受不幸的摧折,于此环境之中,回忆那德理觉夸夫斯嘉(Pavel Mihailovith Tritryakovskay,1832—1898,这画馆的首创者)的石像,还安安逸逸陈列在他死时病榻之处,正可想起"文化"的真价值。俄罗斯文化的伟大,丰富,国民性的醇厚,孕育破天荒的奇才,诞生裂地轴的奇变,——俄罗斯革命的价值不是偶然的呵！社会之文化是社会精灵的结晶，社会之进化是社会心理的波动。感觉中的实际生活教训，几几乎与吾人以研究社会哲学的新方法。进赤俄的东方稚儿预备着领受新旧俄罗斯民族文化的甘露了。理智的研究侧重于科学的社会主义，性灵的营养，敢说陶融于神秘的"俄罗斯"。灯塔已见，海道虽不平静，拨准船舵，前进！前进！

一六

  荒凉广漠的大原，拥抱着环回纡折的峦谷，冷风凄雨，严霜寒雪，僵绝的冰流渐渐的溅裂，飞舞的沙砾阵阵的扫掠，一切"天然"的苛酷累年积月，层层抑遏，却有兀傲猖狂的古树，翘然矗立于其中。臃肿的伟干，蜷曲的细枝，风伯雹神恨他的猖獗，严刑酷罚一日不离这"天然之叛贼"，飕飕微动就已震颤，点滴僵石，却又木然，唉！积威之下，难道他畏怯至此！年龄无量数，幅员无量大，经受尝试无量苦，——不知道天地的久长，宇宙的辽阔，鳏寡孤独的惨戚。只时时飑拂自己的万里长枝，零星琐叶，从容徘徊于此惨忍不仁的"天然"间。似乎是已经老态龙钟，枝叶委琐，雨侵虫蚀，靡靡难振，然而又未尝闻斧斤之声而有丝毫转侧，受啄木之喙而起细微呻楚，确也崛然强项。只有凄微的风色，匿黯的日影，重云摩顶，孤鹄啼枝，添绘了几许悲愁的景象！回忆小阳春时几微流转些将近暖谷的和风，偶尔沾惠些尚未凝霜的甘露，虽则凄惨依然，预觉"严冬之恶神"狂暴，却还有余力作最后的奋斗，试一试防御的战术，居然能及时自显伟大的"春意之内力"；那时何等光荣！殊不知道一切都如梦呓，到而今枉然多此悲叹。然而！……然而这春意之内力，他是自信的，不过何日得充分发展，何道得出此牢笼，他那时也许未尝想及。然而……然而他是自信的，神圣的古树呵，自有他永不磨灭的自信力。

果不其然！在荒原万万里的尽端，炎炎南国的风云飚起，震雷闪电，山崩海立，全宇宙动摇，全太阳系濒于绝对破灭的危险恐怖，天神战栗，地鬼惊啸。此中却还包孕着勃然兴起，炎然奋焰，生动的机兆，突现出春意之内力的光苗，他吐亿兆万丈的赤舌，几几乎横卷大空。我们的老树，冰雪的残余，支持力尽，远古以来积弱亏蚀，——况且赤舌的尖儿刚扫着他腐朽的老干，于是一旦崩裂，他所自信的春意之内力，趁此时机莽然超量的暴出，腐旧蚀败的根里，突然挺生新脆鲜绿的嫩芽，将代老树受未经尝试的苦痛。

可惜，狂波巨涛，既卷入深曲的港湾，转折力尽，又随"天然"的惰性律而将就澌静。赤舌的光苗于此渐黯渐黯。他国新林中的鲜芽受不足春之热力，又何从怒生呢？孤另另这一棵古树中的新枝，好不寂寞凄清。何况旧时残朽的枝叶，侵蚀的害虫，还有无数的遗留，苛酷的天然，依然如旧，或者暴风霹雷之后，天文的反动，更加暴虐苛刻，冷酷非常。春意的内力呵！你充满宇宙，暂借此一枝不自然，超其能量而暴发的新芽，略略发泄。还希望勇猛精进抗御万难，一往不返，尤其要毋负这老树兀岸高傲的故态呵！

跋

  几世纪几千年的史籍,正象心血如潮,一刹那间已现重重的噩梦,印象稀微,何独不因于此。人类社会的现象萦回映带,影响依微,也不过起伏震荡于此心波,求安求静,恃生活力为己后援。一切一切都放在这"实际"上,好一似群流汇合于心波的海底;任凭你飞溅临空,自成世界,始终只成一抽象的空间之点,水落时依然归于大空,不留半毫痕迹,那时自知枉然。

  心海心波的浪势演成万象,错构梦影。醒时愈近,梦象愈真,亦许梦境愈恶。心海普通圆满,心波各趁奇势;所以宇宙同梦,而星神各自炫耀他自己的光彩。其中梦短者不必多羡长梦中的"旧时歌舞",已可先见后来恶鬼的狞脸:——只须经过中加速几秒,跳过几重类似的梦影,——咱们同梦者还得同醒。假设心海的波涛,展荡周遍,"趋平"之机成熟,这自然是可能的。

  唉!资本主义的魔梦,惊动了俄罗斯的神经,想求一终南捷径,早求清醒。可惜只能缩短分秒,不容你躐级陟登。西欧派斯拉夫派当日热烈的辩论,现在不解决自解决了。中国文运的趋向,更简直,更加速,又快到这一旧步。同梦同梦！东方文化和西方文化的交流，在俄在华原是一样，少不得必要打过这几个同样的盘旋。

我这东方稚儿却正航向旋涡，适当其冲，掌舵得掌稳才好。还有我个人心理的经过，作他浮桨前依拂的萍藻，更成交流中之交流；必得血气平静，骇浪不惊，又须勇猛镇定，内力涌现。

我寻求自己的"阴影"，只因暗谷中光影相灭，二十年来盲求摸索不知所措，凭空舞乱我的长袖，愈增眩晕。如今幸而见着心海中的灯塔，虽然只赤光一线，依微隐约，总算能勉强辨得出茫无涯际的前程。何况孑然飘零，远去故乡，来此绝国，交通阻隔，粗粝噎喉，饿乡之"饿"，锤炼我这绕指柔钢，再加以父母兄弟姊妹，一切一切，人间的关系都隔离在此饿乡之"乡"以外。如此孤独寂寞，虽或离人生"实际"太远，和我的原则相背，然而别有一饿乡的"实际"在我这一叶扁舟的舷下，——罗针指定，总有一日环行宇宙心海而返，返于真实的"故乡"。

一九二一年十月稿竟。

赤都心史

序

　　人生的经过，受环境万千现象变化的反映，于心灵的明镜上显种种光影，错综闪铄，光怪陆离，于心灵的圣钟里动种种音响，铿锵递转，激扬沉抑。然生活的意义于客观上常处于平等的地位，只见电影中继继存存陆续相衔的影象，而实质上却是一个一个独立的影片。宇宙观中尽成影与响，竟无建立主观的余地。变动转换，复杂万千，等到分析到极处，原无所"有"。然而同样的环境，各人各时各地所起印象各异，——此所谓"世间的不平等性"于实际生活上永存不灭，与世间同其久长。所以有生活，有生活的现象，有生活现象之历史的过程。生活现象之历史的过程既为实质之差异的印显，就必定附丽于一定的"镜面钟身"。于是已出抽象概括的问题而入具体单独的问题。缘此世间的不平等性而有人生经过可说。镜面之大小，钟身之厚薄，于是都为差异之前因。镜与钟的来处，锻炼时的经过，又为其大小厚薄之前因。历史的过程因此乃得成就。

　　东方稚儿熏陶于几千年的古文化中，在此宇宙思潮流转交汇的时期，既不能超越万象入于"出世间"，就不期然而然卷入漩涡，他于是来到迅流瀑激的两文化交战区域，带着热烈的希望，脆薄的魄力，受一切种种新影新响。赤色新国的都城，远射万丈光焰，遥传千年沉响，固然已是宇宙的伟观，总量的反映。然而东方古国的稚儿到此俄罗斯文化及西欧文化结晶的焦点，又处于第三文化的地位，不由他不发第二次的反映，第二次的回声。况且还有他个人人生经过作最后的底稿。——此镜此钟置之于此境此界，自然断续相衔有相当的回射。历史的经过，虽分秒的迁移，也于世界文化上有相当的地位，所以东方稚儿记此赤都中心影心响的史诗，也就是他心弦上乐谱的记录。

《赤都心史》将记我个人心理上之经过，在此赤色的莫斯科里，所闻所见所思所感。于此时期，我任北京《晨报》通信记者的职务，所以一切赤国的时事自有继续的通信，一切赤国的制度另有系统的论述，不入《赤都心史》内。只有社会实际生活，参观游谈，读书心得，冥想感会，是我心理记录的底稿。我愿意读者得着较深切的感想，我愿意作者写出较实在的情事，不敢用枯燥的笔记游记的体裁。我愿意突出个性，印取自己的思潮，所以杂集随感录，且要试摹"社会的画稿"，所以凡能描写如意的，略仿散文诗。材料的来源，都在我莫斯科生涯中，约略可以分作几种：杂记，散文诗（"逸事"），读书录，参观游览记。"我心灵的影和响，或者在宇宙间偶然留纤微毫忽的痕迹呵！——何况这本小小的册子是我努力了解人生的印象。"

一九二一年十一月二十六日，莫斯科，集竟记。

一　黎明

　　沉沉的夜色，安恬静密笼罩着大地。高烧的银烛，光灺影昏，羞涩的姮娥，晚妆已卸；酒阑兴尽，倦舞的腰肢，已经颓唐散漫，睡态惺忪，渴涩的歌喉，早就澜漫沉吟，醉呓侬微。兴高采烈，盛会欢情，极人间的乐意，尽人间的美态，情感舒畅，横流旁溢，"留连而忘返"，将当年"复生"的新潮所创造的"人间美"，渐渐恶化，怠化，纵恣化。清歌变成了醉呓，妙舞已代以淫嬉，创造的内力已自趋于磨灭。一切资产阶级的艺术文化渐渐的隐隐的暴露出他的阶级性：市侩气。地轴偷转，朝日渐起，任凭你电花奇火有几万万光焰，也都濒于夺光失采的危怖。几分几秒后，不怕你不立成"爝火"的微光。黎明来临，预兆早见，然而近晓的天色几微，鱼肚惨色渐转赤黑愁黯的霞影时，反不如就近黄昏的夕阳！游荡狂筵的市侩乐，殊不愿对于清明健爽的劳作之歌让步。何况夜色的威权仍旧拥着漫天掩地的巨力，现时天机才转，微露晨意，未见晨光，所显现的只是黎明的先兆，还不是黎明呢。鱼肚之光，黑霞之色，本来是"夜余"而又是"晨初"呵。

　　人类的文化艺术，是他几千百年社会心灵精采的凝结累积，有实际内力作他的基础。好一似奇花异卉受甘露仙滋的培植营养：土壤的膏腴，干枝的壮健，共同拥现此一朵蓓蕾。根下的泥滋，亦如是秽浊，却是他的实际内力的来源；等到显现出鲜丽清新的花朵，人人却易忘掉他根下的污泥。——社会心灵的精采，也就包含在这粗象的经济生活。根本方就干枯，——资产阶级经济地位动摇，花色还勉留几朝的光艳。新芽刚才突发，——无产阶级经济权力取得，春意还隐于万重的凝雾。

那将来主义，俄罗斯革命后而盛行的艺术上之一派，——是资产阶级文化的夜之余，无产阶级文化的晨之初；他是春阑的残花，是冬尽的新芽；凝雾外的春意暂时委曲些儿，对着那南风中的残艳，有无愧色？……固然！然而，夜阑时神昏意怠的醉荡之舞，看来已是奄然就息；那黎明后清明爽健的劳作之歌，还依稀微忽。当然仅觉着这目前沉寂凄清的"奇静"，好不惨惋。可是呢……悄悄地里偶然遥听着万重山谷外"新曲"之先声，又令人奋然振发，说：黎明来临……黎明来临！

莫斯科的德理觉夸夫斯嘉画馆里，陈列著名的俄国画家，如联萍等的手笔，旧文化沙砾中的精金，攸游观览，可以忘返。于此间突然遇见粗暴刚勇的画笔，将来派的创作，令人的神意由攸乐一变而为奋动，又带几分烦恼：粗野而有楞角的色彩，调和中有违戾的印象，剧动忿怒的气概，急激突现的表显，然而都与我以鲜，明，动，现的感想。前日，我由友人介绍，见将来派名诗家马霞夸夫斯基，他殷勤问及中国文学，赠我一本诗集《人》。将来派的诗，无韵无格，避用表词，很象中国律诗之堆砌名词形容词，而以人类心理自然之联想代动词，形式约略如此，至于内容，据他说和将来派的画相应，——他本来也是画家。我读他不懂。只有其中一篇《归天返地》，视人生观似乎和佛法的"回向"相仿佛。家乐剧院更取将来主义入演剧的艺术，一切旧规律都已去尽，亦是不可了解。新艺术中的有政治宣传性者，如路纳察尔斯基的《国民》一剧，我曾经在国家第二剧院，——旧小剧院看过，所用布景，固然是将来主义,已经容易了解些,剧本的内容却并非神秘性的,而是历史剧,演古代罗马贫民革命,且有些英雄主义的色彩。昨日到大剧院,一见旧歌剧花露润融,高吟沉抑,旧艺术虽衰落不少——据俄国人说如此,——却一切美妙的庄丽的建筑艺术都保存完好。

危苦窘迫,饥寒战疫的赤都,文化明星的光辉惨淡,然而新旧两流平行缓进,还可以静待灿烂庄严的将来呢。

一九二一年二月十六日。

二　无政府主义之祖国

克洛扑德金夫人前日来莫斯科，他学生纪务立，外交人民委员会的职员，介绍我去见。夫人老态龙钟，听见远东的新闻记者都来吊克氏，非常之感动，表示许多欢忭的意思，——我并且送他一袋白面。纪务立当时问夫人什么时候回德美脱洛夫村，他说明天就走，可是这一次身体不大舒服，恐怕不能步行到车站，况且还有许多东西，因叫纪务立一早去送他。夫人回答时还笑着说："今天最高经济苏维埃会长一定要派自己的汽车来，我不肯要他们布尔塞维克的汽车，——汽车夫却说，这不是他们布党的，这是我个人敬仰克氏，所以自愿来的。我回他说，他亦辛苦，感谢不胜。他才走了。"见了克氏夫人出来，纪务立对我说，这是真正的俄国贵族，王爵夫人而有这种克己复礼的精神。可是克氏的本性却非俄国的不务实际的智识阶级，他的主义亦不是俄国式的无政府主义。所以他的死后，墓前吊词中，竟有无政府党讥诮克氏太迷信科学了。

我回忆，我们到莫斯科开始工作时，第一事就是克洛扑德金逝世。二月二日我们迁居于外交委员会公寓后，每天报载克氏的温度，派专车送医生到克氏那里去。等到九日已经听说克洛扑德金去世了。十二日我们到灵前参观,十三日一早去送殡,宗武忙忙的收拾照像器具,我们同着去。远远的就看见人山人海,各种旗帜招飐着。沿路有人发一张《克氏日报》,上面还载着许多吊文传志,并且还有克氏死后无政府团体通告全欧全俄全世界的无线电稿,列宁批准暂释在狱无政府党参预殡礼的命令。当日送殡的除种种色色无政府团体外,还有学生会,工人水手等联合会,艺术学会等;社会革命党,社会民主党少数派都有旗帜。最后是俄罗斯共产党,共产国际,还有赤军拿着俄罗斯社会主义联邦苏维埃共和国的赤色国旗。无政府主义者手持旗帜,写着无政府主义的口号,其余各团体也都张着"克氏不朽"的旗。人山人海拥拥挤挤之中,我远望着克氏的灵榇抬出来,面色还蔼然含笑似的,——宗武正拿着照相机照呢,——猛听得震天动地的高呼"万岁"声。一时人丛中更挤得厉害,乱杂之中我只听得四方八面嘈杂的谈话和巡官的号令:"请诸位保持秩序,不要往上挤,……""克氏科学上的功绩,道德上的廉洁,真可不朽,虽然他不是……""无政府主义大家殡礼,为什么要军队警察来参预?不用他们……""唉,挤死了!""哼……无政府主义,本来就是无秩序……"我好容易挣扎着走出人丛,站在一旁,远远的见克氏的灵榇拥着黑魆魆一片人影,无数旗帜慢慢的往南去了。

　　林德(Lind)女士,克氏的亲戚,曾经和我谈及克氏临死时的逸话。克氏病重的时候,温度非常之高,乱梦热呓,每每不能安寝,生平非常之喜欢音乐,所以每每对林德女士说:"唉!我又看见许多埃及中国字的花花绿绿影子,似乎只想着书,要去看这些不懂得的字!请你弹琴解闷罢,省得我又乱梦颠倒。……"林德女士有一次拿一叫人钟到克氏床前去,克氏笑着说:"我是无政府主义者,向来不发命令,用不着叫人钟,呵呵呵!……"

　　俄国无政府主义从十八世纪末年就和自由主义同时发生,至十九世纪七十年时代托尔斯泰的无政府主义即极盛。然而无政府主义的俄国性，东方文化性，在俄国社会思想朴实的农民之中比较的发展，俄国式的智识阶级尤其欢喜空谈的无政府主义。至于巴枯宁，克洛扑德金的科学的无政府主义，反而不为俄人所喜，而且比较的带有现代的国际的性质。克氏殡礼后一日，我曾遇一无政府主义者黑诃（Heiho），他说现时克氏既死，俄国的无政府主义还有三派呢。

二月二十三日。

三 兵燹与弦歌

清霜薄日的早晨，冻得儗儗的云色，映着半新不旧的赤旗，时时招拂，荡漾着四周霜枝玉树间的晨光，——这就是俄罗斯社会主义联邦苏维埃共和国的教育人民委员会。门前穿着重裘的看门的让我们进去；沿着扶梯上去，墙壁上处处画有宣传图画，经过一个小客厅，里面却挂着"无产阶级文化之华"等标题，一个赫尔岑的铜像。招待员伊凡诺凡女士殷勤的请我们进去参观，送我们许多书报杂志。我们要求见委员长路纳察尔斯基。秘书文葛洛夫说，路氏明天就上彼得城，恐怕没有工夫见了。我们再四请文氏打电话到克莱摩宫去问，谁知一问居然立刻说："请。"

我当日就同颂华，宗武准备好入宫券，同进克莱摩；经过两重卫卒，到宫里，巍然高大的城墙，古旧壮丽的建筑，令人神爽。宫城内地方廓大，有许多机关，人民委员大半都住在里面，我们问了一回，才有人指给我们："那绿房子里，就是路纳察尔斯基住的。"我们进去。灰尘积滞扶梯，电灯有些破毁的，空空的一大间，疏疏朗朗排着几张极华美的锦椅，有一人迎面进来说："等一等。"等了好半天，静悄悄的，似乎一个人也没有，那间屋子又不象是招待室，正在骇怪，东角的门一闪，露出一个人面，相片上看见过的路氏，招手请进。我们进办公室一看，排着好好的几张桌子，除路氏外，一个人影都不见。路氏招待我们坐下之后，我们就拿出问题请教：最近教育上的设施和东方文化的意趣。路氏是一演说的艺术家，谈吐非常的风雅，又简截了当，总谈不过十分钟，而所答已很完满不漏。他面色灰白，似乎不大健康，所穿衣服非常朴素。他的谈话大约如下："革命后我们即日促学校教育上的革新，扶植无产阶级文化的基础。然而初行非常困难，因为教员教授之非共产党者——立宪民主党，甚至于还有更右于立宪民主党的——都以怠工反对政府；好容易设了种种方法，现在这种怠工总算消灭了。何况兵燹之后，物质条件也窘迫到极点呢。可是最近几年来学术上的发明也还不少，比如：X光线，化学原子锂的成分，医学上癌病治疗法等。因此欧美各国对于俄国革命后学术文化上的进步，非常之引为有趣而大家想来研究。荷兰科学院曾经派过学生来。我们亦派学生到欧美留学，国内处于破坏状态，纸张印机都很缺乏，所以又设法在德国开了一俄文书籍印刷局。我们在文化上能尽力的地方都已尽到了，然而不敢自满，——实在战争与革命的破坏力非常之大，创造新文化也不是轻易的事，还得努力做去。至于我们共产党对于东方文化的意趣，倒是一个很有趣味的问题。第一，因为俄跨欧亚，和东方古文化素有接触，第二，革命之前俄境内各民族也是被压迫的，对于'东方'极有同情。况且苏维埃俄国，不象其他欧美各国妄自尊大，蔑视东方，我们是对于东方民族极端平等看待，对于他的文化尤其有兴趣。现在极注意于促进两民族的互相了解，采用他的文化，已经设一东方学院。东方文化之'古'，'美'，'伟大'，'崇高'，诗文哲学，兴味浓郁。不过对于他的宗教性，我们认为是已过去的东西，应当自然消灭的。"说完时，我看见有一女人捧着一小盘黑面包进来，还有好几个职员模样的坐在那边一张桌子旁等着，因此起身告辞，路氏握手道歉说："可惜现在有一委员会要开会，我不能多谈了……"

　　过了两星期，教育人民委员会又派了汽车来，我们到好几处幼稚院，劳动学校去参观，规模虽然小，精神却很好，只是物质生活太苦些。今天到一林间学校，离莫斯科有二三十里，那地方空气清新，房舍清洁，专为有遗传病的儿童而设的，一切设备非常完美。小学生活泼之至，听见中国新闻记者来，大家唱歌跳舞的欢迎，拥着问话；有一学生，居然学会了写"中国瞿秋白"五字呢。

三月二日。

四　秋意

——题画赠林德女士（Lind）

万树森疏，西风又紧，
拥落叶如潮做奇响。
独那月亮儿静悄悄地，
万籁中，自放灵光。

虽有些纤云薄翳，
原不碍，原不碍，
他那果毅沉潜的活力，
待些须，依旧是光华万丈。

渗透了，渗透了，
那宇宙的奥秘，
一任他秋意萧萧，秋云黯黯，
我只笑，笑君空扰攘。

三月十二日。

五　公社

莫斯科生活开始，我们求学考察还正兴致勃勃，然而因物质生活的困苦，竟奄奄有些小恙。病中无聊，同寓一日本人新白介绍几个女友来谈，勉强解闷。一冬以来，足有四五个月，天天是凄清惨淡的天色，一片白漫漫的青影，到底使人烦闷，现在春天已经快来了，这四五月的"俄国生活"也当渐渐转出生意呵！莫斯科城市生活，经革命兵燹之后却很凄清，商铺都封闭着……病中无事，因与俄国友人闲谈，略略得知莫斯科城市生活，并及全俄布尔塞维克革命后草创的设施。

欧洲第一次无产阶级革命，要算一八七一年巴黎公社（La Commune de Paris）革命，马克思亲与其事。公社大概的组织就是城市工人共同组织一消费社，分配一切需要品。俄国十月革命之后，每一城市作为一共产社。又一友人告我，俄国现在无物不集中，消费者都以团体为单位，个人名义很难领到需用物品。全国集权行得很厉害。譬如莫斯科公社——市政工会之类，每月为莫斯科居民运取食粮，消费者凭劳动券领取，劳动券以工作高下为标准分好几等，每等可得若干，十日以前在《消费公报》登载。其余一切用品都有相当的机关。友人还说这种集中制在军事时代很有用处：没有一人没有一天能浪费物品或偷闲惰怠的，固然有许多弊病，然而这本是列宁所谓"军事的共产主义"，这是军事的共产社制度，在"国内战争"期内，他的必要，却有一定的程度。至于乡村间呢，贫苦农民多分得土地，生活还象私有者。

日本人新白是一飞行家，年纪正轻，风流倜傥，屡次想回国，都没成功，现在莫斯科飞行学院及参谋部学院东方部做事，所领口粮还不错，他说莫斯科生活很苦，参谋部学院有一英国妇人——英法文教员，家里失窃，穷得可怜呢，丈夫在战线，还因交通不便，虽停战亦不能北返。

三月十一日。

六　革命之反动

今天报载克龙史泰（Kronstadt）之乱已平。

当三月初间公布在彼得城搜获社会革命党之煽动的机关，接着就发表二月二十八日在克龙史泰——彼得城的港口，向来是军事上的要塞，——有一军舰上水手等暴动，三月二日一早，旧步兵将军郭子洛夫斯基公然率领群众声言反抗"共产党的苏维埃"，克龙史泰的苏维埃议长顾子明及数职员均被乱党所捕，于是彼得城里也形不稳。三月五日，劳动国防苏维埃议长列宁，革命军事苏维埃议长杜洛次基联名出布告剥夺郭子洛夫斯基将军的公权，宣布彼得城戒严，地方全权暂移交彼得城国防委员会。外面谣言数起，还有芬兰暗中助叛党之说，因为海冻未解，由克龙史泰还可直接步行经冰上到芬兰对岸。——三月六日杜洛次基又出要降布告，致词非常之动人。九日已经听说赤军节节战胜。到今天——三月十九日——报上载，居然已经完全平静，死亡却也不少，我初到莫斯科时曾经遇见一共产党，这次他去投充志愿军，也死在里面。

大概不得志的小商人，小资产阶级的农民，一九二〇年以来，都不满意于劳农政府，社会革命党所谓"代表农民利益"的政党，到处宣传鼓动。实际上"食粮均配法",收取农民出产物之全量,为近时西伯利亚以及其余各处农民反抗的真因,——这种风潮,我们到莫斯科时已经很甚。现时正是俄共产党开第十次大会,商议改变策略,于是克龙史泰乱事趁此而起。

我还记得,二月底,华工会中,有人告诉我,莫斯科暗中正在戒严状态之中;共产党中有反对改变政策的,居民庸众同时却秘密的阴谋,所以形势不大稳当。那阴谋的口号是要求三端:(一)自由贸易,(二)开国会,(三)解散共产党。这次克龙史泰的口号却是"无共产党之苏维埃"。其实受资产阶级思想之影响是相同的。

三月十九日。

七　社会生活

　　教育人民委员会的职员刘白文纳女士送来好些书籍杂志，路纳察尔斯基的著作等，偶然有些白面包，我们请他喝茶，他吃了一个面包，又拿一个，很不好意思的说道："我们两三年没有吃着这样的面包了，我想带一个回去给我母亲，他一定高兴得不了，……"我们赶紧答应，并且又送他两个，他很感谢。随后刘白文纳女士谈及家庭生活，颂华因问："共产主义的家庭怎样？"他笑着说："郭冷苕女士著书说家庭生活社会化——我们却还想不到这一层。"他走时又再三致谢，并因听说李宗武能唱中国戏，约着日子同到无产文化（Proletcult）的音乐会去。

　　无产阶级文化部——简称无产文化——是教育人民委员会所设的，一切图画音乐诗文戏剧的新作家都加入，凡有创作就大家详论研究。常开音乐或诗文晚会，有时自编戏剧以为工人娱乐。我们去时会员极端欢迎，宗武所唱汪调的《马前泼水》居然收入留声机。他们亦收着几张广东戏片。又给我们看一新式的意大利钢琴，可以不按自鸣，谱子从琴背插入，机括开时音调佳妙无比。说所奏乃日本女郎思夫之曲。音乐会会长问，日本调我们能懂不能，并且详详细细和我们讲那曲子的内容。——意大利一贵族游日本,娶了一日本女子,后来又到美国,竟忘日女,曲中所奏一大部分是日女怨泣之词。会长并说,旧文化的音乐人才,革命中未免凋零,新的还很幼稚,然而假使物质生活不这样困苦,我们的工作还可以强几倍呢……

俄友纪务立介绍托尔斯泰孙女苏菲亚来谈。托氏派在各地曾有一"真自由之结合",每星期六开会演讲,并有一杂志,现在为政府所禁——因为他们反对征兵太厉害。苏菲亚说,现有以前托氏在莫斯科的住宅——托氏死在其中——改为陈列馆,因约我们去参观并到他家里叙谈。

托尔斯泰陈列馆离我们寓所不远。馆中非常清洁整齐。苏菲亚指示讲解各种图画照相,并有一小画,为托氏亲笔所绘,画中有一小马一大人,苏菲亚说,这是他小时,祖父赏他的玩物。到托氏家后,苏菲亚母亲很亲热的接待我们,并送给我们好几本书——其中有一本为《老子》的俄文节译本。

各种社会公共机关,——据苏菲亚母亲说——凡不是共产主义的,只要不带政治上的危险性质,如托尔斯泰陈列馆等,都不受什么妨碍,有时亦能稍得辅助。

四月三日。

八 "烦闷……"

列尔孟托夫（Lermontoff）

烦闷忧愁，
和谁握手，
在这心神
不定的时候？

　　希望，希望，
　　绝无影响，
　　又何事
　　徒劳意想？
　　芳时易过
　　驹隙年光。

爱乎谁爱，
枉费心神，
暂时的——

不值得,
永久的——
不可能。

　　自视又何如?
　　陈迹都无。
　　苦乎乐乎?
　　一切比泡影还虚。

情爱呢?
可知,这甜情蜜意,
禁不起——
理性一闪,
迟早是——
雨消云散。

　　生活呢?
　　你且……
　　冷眼相觑,
　　才知道:
　　人生空泛,
　　人生真太愚。

四月五日译。

九 "皓月"

——题画赠苏菲亚·托尔斯泰女士

皓月落沧海，
碎影摇万里。
生理亦如斯，
浩波欲无际。

四月十日。

一〇 "俄国式的社会主义"

德国经济调查员兼外交代表史德勒（Paul Stähler）博士曾来访。他说德国革命后疮痍未复，现时协约国强迫德国赔偿巨款，——其实是枉然的。德国俄国经济恢复中必须互相辅助，他来此就是作正式缔结外交关系的预备的。最近德国共产党还要求政府与俄通商，德国或者就派公使。我们问他来俄的感想，他说资本家是可以推翻的，资本却不可以毁的，——无产阶级胜利后，那资本就是无产阶级国家的库藏，俄国革命中或者有这一类误点。至于政治关系却还有一层：俄国智识阶级向来与平民特异，隔离，不相了解，革命中种种经过，这一点未始不是一根本远因。德国社会情况不同，假使共产主义革命突现，他的过程一定不与俄国相同。

伦敦《Daily Herald》报的通信记者亚尔史孛葛（Alsberg）和我们说，他来此几月，确知道，苏维埃政府是现今俄国唯一的政府，至于共产主义的建设，因为战事和内乱的缘故，还没有什么成就。他又介绍我们见美国资本家房德列浦（Vanderlep）及《旅俄六周记》的作者朗塞（Arthur Ransome）。房氏说他此来乃是为堪察加订租约的事，愈速愈妙，新大总统哈定对俄政策还没一定，所以迟滞。堪察加租约如成，美国可以供给各种原料，及主要的工业品机器等，俄国方面，木材，皮货，矿产种种天然的富源亦可以开发。

今天我们又见着通商人民委员会副委员长列若乏。他告诉我们许多苏维埃政府的国际关系：

俄国与国外通商，是政府的专利。现在国外的关系已经很好，英国已经正式签约，德国就在这几天内，其余边境各小国及意大利，捷克斯拉夫，都已结通商关系，俄国代表在国外大概都尽先同无产阶级的组织，各生产协社，工人协社等接洽之后，再和资本家商量，外国商人在俄国的，暂时只在我们通商人民委员会里接洽，俄国政府担保他的利益。现在俄国还正努力协理各种租借地，借外国资本来发展俄国工业——社会主义的基础。战事革命，工业毁坏太甚。内战继起，令政府不得不注全力于战事，一切原料及工业生产品都用在军事上。机器不够用，技师非常之少，技术程度又太低——战争时俄国技师死者甚多。所以非聘用外国技师，购买外国机器来发展工业不可。不但机器，就是工业附属品，如工厂中所用电灯泡等，也须向外国购买，如此情形，自然不得不和外国资本家相接洽。

列若乏还着重的说："没有工业就没有社会主义，况且决不能在隔离状态中实行新村式的共产主义……我们俄国革命史上十九世纪七八十年时代盛行的民粹派（Narodniki）主张无工业的农村公社社会主义。马克思派和民粹派的争执的焦点就在于此。你们想必很明白，我们是马克思主义者，决不能行这种俄国式的社会主义。……当然并且必须和暂时没倒的外国资家相利用，——发展工业培植无产阶级社会主义的基本；……看罢，资本家胜呢，还是我们？"

四月十一日。

一一　宗教的俄罗斯

愁惨的阴云已经散尽，凝静的死雪已经化完，赤色的莫斯科渐渐融陶于明媚的春光。蔚蓝的天色，堆锦的白云，春气欣欣，冷酷的北地风雪已化为乌有了。基督救主庙壮丽的建筑，辉煌的金顶，矗立云际，依然昂昂突显神秘的奇彩。庙旁旷园，围着短短的灌林，初春的花草，鲜黄嫩绿，拂拭游春士女的衣袂。

俄友郭质生来谈，说今天是俄国旧历复活日曜日，家家都插"瘦柳"，教堂中行大礼拜呢，因邀我们去看。希腊教的仪式，却是中国人的基督教观念中所没有的。

莫斯科最大的教堂——基督救主庙，建筑伟丽，雕刻画像都有很大的艺术上的价值。我们进去的时候，人已很多，每人手中都拿着一握"瘦柳"。只见十余丈高的堂顶上，画着非常之伟丽的耶稣像，四壁辉煌金彩，中间成一十字甬道，甬道的一端，正中有大理石龛，龛前（十字甬道之前）二角有两台：一经筵，一歌筵；十字甬道之他端是庙门，此处和经筵歌筵相对又有两座：左为国皇座，右为神甫座。救主庙的神甫，是全俄最高神甫，革命前受国库供养，统辖全国教堂事务，所谓"国家中之国家"。十月革命后教制仍存，不过与国家政府绝对脱离关系，单受信教徒的供给。我们在教堂中站着不多时，人渐拥挤，最高神甫到了。只见一老者穿着银色长袍，仿佛中国的道士服装，旁有两侍者，服装相类。一侍者手执香炉，垂着银索，在前一面走着，一面荡着，领导最高神甫走向祭坛，歌筵上立刻就唱起圣歌来。大礼拜式就此开始。随后神甫走到堂中向众画三次十字，一侍者展开斯拉夫文《圣经》，放在他前，高声朗读。如此种种仪式，延长约有两小时余。

  我们回到寓所，郭质生问我有何感想。我说仿佛不在欧洲。他笑着说俄国东方文化很深，大多数农民群众，迷信得很呢。——革命之后才稍好些。诚然不错，希腊教仪式竟和中国道教相似。

  农民因俄国旧文化的缘故，守旧而且愚昧。据郭质生说：十月革命初期，各地乡村中农民奋起，高呼分权万岁，各村通行须有当地地方政府的执照，如此者三月。后来国内战争剧烈，农民少壮都受征调，政府派遣食粮军收集食粮，农民才渐渐忘掉苏维埃政府分给土地驱逐地主的政策而起怨忿之心。现时新经济政策初实行，还时时听见农民反抗的事——他们还不十分相信呢。然而革命前俄国人民有百分之七八十不识字，如今识字者的数目一跃而至百分之五十。最大的原因有两个：（一）二月革命后政局上不断的起非常之巨大的剧变，虽然沉寂的乡僻地方也渐渐有得政治消息的兴趣，各党宣传者多四出散给报纸。（二）退伍兵士，从战线回家，思想已大改变。——因此现在农民对于宗教的关系稍淡，思想上的改造，已经要算大告成功了。

四月二十三日。

一二　劳工复活

夜深了。虽是俄国诗人的"五月天气",晚寒还暗袭行人的衣袂。莫城稠密的街市,一时也稍沉寂,隐隐约约渐听着四处教堂的圣钟殷鸣——陡破夜神的深寂。巷口街梢,三三五五的人影渐现,一时多似一时。教堂钟声愈久愈多,愈晚愈洪,圣诗的歌声摇曳沉抑,萦绕天际。等到夜间一二时,教堂的圣阶前已聚着黑默默一大堆人,星星点点耀炫着信教徒手中的圣烛,画像的高门下排着神甫入庙的仪式,年老龙钟褴褛疲弱的乞丐双手拱着等候基督教徒的慈悲——复活节的夜祭开始了。我们挤在基督救主庙里,人山人海,至少也有两三万,一切仪式也不能十分看得清楚。好容易挤得出来,回寓已经四点多钟,很疲乏。莫斯科城却为一千五百余教堂的钟声——殷洪沉递——的震动飞颤。"异教徒"的清梦也受骚扰。

复活节是俄国旧历中最大的一佳节,家家户户都相庆贺,今年恰巧和国际的五一节同在一日。俄俗凡逢复活节的一星期,每家设着盛筵,种种食物,鲜美丰盛。儿童得受"复活鸡卵"——鸡卵染着种种彩色,并有玉琢木雕的,友朋亲戚往来宴请,人人相见,都以接吻相庆,即使未嫁的女郎在这几天亦可以和男友交吻。革命后战祸相寻，政府行集权制及劳动券，已经两三年没有大大的过这佳节，食物菜膳不容易取得。今年第一年行新经济政策，开放商业，民间值此佳节，突现活泼的气象。

五月一日的清晨，暖欣欣的朝阳，温和的春风，路上行人却很寂寞。——昨天晚上礼拜归去太晚了，市场又因佳节而停闭。只有莫斯科的中心——赤场附近，设着演坛，无产文化行农民跳舞种种新艺术庆贺五一节。全城电车通挂红彩，游行全城，演说五一节工人运动的复活。我们路过一场，许多教育人民委员会所办幼稚院的儿童穿着新衣呼号"万岁"，场的另一端，又有嘉里宁演说呢。

我们趁两重佳节的兴致，顺路一访女友。——可是没有接吻，因为东方人的羞态……

——啊呀，恭喜恭喜，今天在我们这里吃过节饭。

——你们正忙着做菜呢！我来帮你。肉是市场上买的，新鲜么？

——昨天买的。现在劳动券废了，东西容易有新鲜的。呀！——我们忘了问你，你们中国有复活节么？

我因此略略解释中国人的宗教观念，风俗，和对于基督教的关系，他们听得非常之有趣。

回忆二三月间，我到俄人家里，那冷淡枯寂的生活，黑面包是常餐便饭唯一的食品，中国茶是请客的佳味。现在丰富得多了，可是非得有钱不可，市场物价因投机商业之故很不稳。然而大概而论，大多数劳动人民也受许多方便利益——工厂工资大增，废劳动券而令得购买于市场的可能。——无大工业，或大工业破毁的国家里，那集权制的分配本不适宜；共产方法另有途径，集中的制度暂受技术上的困厄，——仅能为"军事的共产主义"时期暂时的奋斗方法。

假使俄国的市侩见布尔塞维克的让步，远东初醒的社会科学研究者于此证实马克思所谓社会关系中"经济现象"的现实力。假使莫斯科市民淡于五一节而热于复活祭,更见着经济落后国家的守旧性,小资产阶级心理的反映。

五月一日。

一三 "劳动者"

> 马克思昂格思,凡遇着笼统言"生产者","劳动者"而不辨阶级的差异性的人,必定和他竭力辩论。没有笼统的"劳动者"或"工作者",而只有:或是自有生产工具的"小经纪者",他的心理,状态及一切生活习惯完全是资本主义的,——他亦不能有别样的心理——或是雇佣"工人"。
>
> ——列宁《俄共产党第十次大会演说辞》

清风朗日的春早,莫斯科天色已经非常和快,昼时而且很热了。游春士女都到郊外树林草地,一畅郁积。莫愁园畔,莫斯科河边,绿林荫下沐浴畅怀。青青的灌林,悠悠的池水,士女三五,携手并肩,尽着情话呢。我们同着俄友纪务立,苏菲亚·托尔斯泰女士,嘉德琳·亚尔奏莫维次女士(前俄最高法院院长的女儿)同着步出郊外,清风拂拭,全宇宙都在怀抱中了。纪务立却不十分高兴,对我们说道:"你看嘉德琳女士,以前的贵族,那倨傲之态还依然存在,不大愿意理我似的……"

我说:"也不见得,你心上不舒服,因为他待你没有你所要的亲热样子罢了,怎说不理呢?他不是刚才还和路旁的农家女问话的么?……"

从莫愁园回来的时候,天色还早,稍微有些风,灰尘蓬勃;路上有一扫街夫,不用水洒,拼命乱扫,尘土腾得更高。纪务立问他为什么不用水洒。

——请你问列宁去!他们没有给水,教这样扫的,又怎么办。

回寓很疲乏,吃完饭在饭厅闲坐。饭厅的女仆坐在自暖壶旁斟茶给我们吃。静悄悄的看着窗帘飑拂,随意谈着。

一女仆说他的兄弟在乡间耕地,今年春天收成或者还好,雨水若是不足那可没希望了。食粮年年政府收尽,乡间生活,也没有城里人说得这样好。我告诉他,今年实行课税法,不致于尽收食粮,很可以多下些种了。他说他兄弟不敢信政府公报上的政策,还不肯多种,恐怕枉费力呢。

公寓门首,阶沿上坐着两三个人,夕阳红艳,照着他们神圣的劳工颜面。晚风清利,令人回想日间莫斯科河里的沐浴。闲着在门首散步,只听得工人谈说得很高兴。

——唔,老兄弟,你知道"劳动义务"也改"劳动税"了。省得他们胡来,还是我们做得来工!

——你们新定薪水有多少?我们现在听说快得十倍的薪水呢。

——自然,一天一斤面包,一顿中饭,还不好?要什么钱!

——别慌!咱们国家工厂口粮还得发呢,钱亦加多,还有我们制的东西,也可以领……

五月二十日。

一四 "死人之家"的归客

西伯利亚冰天雪窖中埋没了不少俄国青年热烈的"地底下的"亡命客,从笃思托叶夫斯基(Dostoevsky)以来到革命怒苗的爆发,五六十年,不知有了祖孙父子兄弟几代的志士呢!有一俄国共产党告诉我,他前天得见一很老很老的革命家——"西伯利亚的亲戚"。

这革命家就是芭烈澳斯基。他革命事业开始得很早,才学过人,政见虽和民粹派相近,而向来是无党的,政治运动中往往站在社会革命党和社会民治党之间。经济财政办实事的才干非常之敏捷周到详细,俄皇政府时屡次受通缉,亡命在国外。欧战时,俄政府从一九一二年之后反动潮流已息,又值战事,社会问题急迫,不得不俯就维新派稍稍采用革命党中的人才。芭氏返国当军事工务委员会会长。克伦次基政府时曾续为工商总长,十月革命后因阶级斗争的剧烈,卷入狱中。他怠工抵制受革命法庭判决下狱一载半。芭氏详悉欧洲商埠情形,对于俄国的工业——尤其于"采取工业"素有研究,全国实业经济状况了若指掌。所以他在狱中的时候,最高国民经济苏维埃屡次有人乘着汽车到狱中访问请教。监狱中他住的一间房和办公处差不离,地图簿籍满屋都是。当初共产党公布土地国有法，小农慌着出卖田地，农政弄得一时纷乱不已。苏维埃大会时特派代表去问芭氏，芭氏画定"田地仍按公社习惯法一概禁止买卖"，草了一稿，共产党才据此公布。——这是俄国农业经济客观的特点，没有办法！有两次俄劳农政府请他出狱，然必以为国任事做条件，——要委他做交通人民委员长。他不肯答应，说："附条件的释放我不干。"后来又坐了一年半监狱才出来。现在在彼得城大学当教授。新经济政策实行，他来莫斯科，或者要接办协作社的事情呢。本来俄共产党对于俄技师的利用——智识阶级的才智，亦用集合的办法。芭氏向来是技师联合的首领。全国无论什么地方要用技师，都由那一联合会接洽，——人才的分配，报酬的多寡都由他们自己决定。此来芭氏已经大可有所供献于国家了。

小小的一间客厅，只有一盏桌灯光线暗暗的，映着窗帘旁的花影在壁上横斜飞舞。几个俄国女郎和东方少年坐着谈心呢。这是莫斯科托尔斯泰家的客室。苏菲亚和我说：

——今天有一很重要的布尔塞维克到我们这里来呢，——全俄中央执行委员会秘书长。

深夜一两句钟，街上人声稍寂，日长天"逛"的俄国士女大半归去了。听得门响，进来了一伟大的黑影。他脱了大氅，露出俄国式的朴素的服装。深沉和静的面貌——纯粹俄国态度。彼此相见，他很奇诧，"中国的新闻记者也到我们这里来了！"谈吐非常之风雅有礼貌，托尔斯泰母女都陪着他问长问短，他还殷勤细问：日常生活不缺乏否？教育委员会的托氏图书手稿整理委员会——苏菲亚母亲是会员，——口粮薪水还能做物质生活的保证不能？他又谈着革命前的回忆，兴致深浓。人也确谨慎老练。

——我们充军到西伯利亚去的时候正有意思，现在想起来都另有一种感慨呢。就在这样一辆车里，监差的和流犯同起居，也辨不出来，谁是犯人谁是公差。相待不能苛酷，他们明白。——这才真是所谓"俄罗斯的心灵"。英德监狱公差手中去试一试看！"公事公办"，那才残忍呢！一九一四年反对战争，流到西伯利亚的同伴更不少——杜洛次基也在内，——我们之中大概都是屡次三番发配的。可是那次我们同伴多聚在一起，居然，还在充发地集会结社演讲呢……

一五　安琪儿

列尔孟托夫

回飞安琪儿，
低吟绕天梁；
云拥星月惊，
神歌圣意昌。

清灵赞洪福，
天幕阖且张；
大哉我主宰，
竭诚为颂扬。

长抱赤子心，
悲泪盈洪荒；
歌声清且纯，

无言意自长。

此曲留人世,
历炼心志良;
天声自玄妙,
尘俗敢相望?

六月八日。

一六　贵族之巢

　　两三月前,《劳农公报》初发表开放商业的命令。小商人市侩欣欣然的露出头来。不但小商人呢！体力不能当工人的一班"念书人"，夫人，小姐，受不着职工联合会的保护，口粮所领太少，消费的欲望又高，——这才有了机会。

　　十字街间，旷场两面，一排一排小摊子。……人山人海，农家妇女，老人，工人，学生……种种色色人，簇拥在一处。这里一批白面包，香肠，火腿，牛奶，糖果点心，那里一批小褂，绒裤，布匹。一堆一堆旧书旧报，铁罐洋锅，碗盏茶杯，……唔！多得很呢！再想不着：严冬积雪深厚，——我们初来时，劳动券制之下，——这些丰富杂乱的"货物"，都埋在雪坑里冰池底么？经济市场的流通原来这样。可是开端的原始状况还很可怜。学生服装的一两个人或是拿一条裤子，一双旧鞋也算做生意呢。

　　远远的日影底下，亮晶晶耀着宝石，金链；古玩铜器，油画，也傲然一显陈列馆的风头。有华丽服饰，淡素新妆的贵妇人，手捧着金表，宝盒等类站在路旁兜卖。有贵族丰度的少年，坐在地下，展开了古旧贵重的红氍毹,等着顾主呢……

现在又过了两月了。亚尔培德街前,许多小孩子拿纸烟洋火叫卖,汽车马车穿梭似的来往,街窗里红玫瑰绣球花欣欣的舞弄他的美色,一处两处散见着新油漆的商号匾额,——啊哎!热闹呢!再不象"冬时",军事的共产主义之下,满街只有茫茫的雪色,往来步行的"职员"夹着公事皮包的人影了。

一间大玻璃窗,染着晶亮的银字:"咖啡馆"。窗里散排着几张小桌藤椅。咖啡馆小室尽头账台上坐着一素妆妇人,室中间站着一半老的徐娘,眉宇间隐隐还含贵倨之态,却往来招呼顾客。

——请问,是不是要咖啡,还是中国茶?

——两块点心,糖果多拿些!——一男子粗鲁的口音回答着,翘着双腿,笑嘻嘻的和同伴谈天呢。

——就来,就来!咖啡一杯,中国茶两杯,点心两块,这里的客人要。……

馆门开处,一位"美人"走进来了,红粉两颊,长眉拂黛,樱唇上涂着血滴鲜红的胭脂,丝罗衣裙,高底的蛮靴,轻盈缓步的作态坐下,眼光里斜挑暗视,好象能说话似的。拈着一枝烟,燃着了,问道:

——咖啡牛奶一杯,有好点心么?

贵倨的半老徐娘和声下气的答应着。咖啡点心都拿来了。忽然又进来一女郎,服装虽不华丽,神态非常之清高,四处一看,见有那一"新妓女"神气的女人坐在那里,于是不多看,忙找着店主人,问好之后,接口就咕噜咕噜用德国话谈了半天。店主人拿出几万苏维埃钱交给女郎,他就匆匆的走了,新妓女那时已吃完:

——你们这里没有牛肉饼么?几万钱一碟?

——没有,对不住,可是可以定做,晚上就好,要多少呢?请问。两万钱一碟。

——要两碟，浓浓的油。

说完他就站起来，扭扭捏捏的走出来，走到门口，懒懒的说一句"再见"。店主人忙答应着，回头笑向那半老徐娘，用法文说道：这又不知道是那一位"委员"的相好，看来很有钱呢……

假使屠格涅夫（Turgeneff）的《贵族之巢》在地主华美的邸宅，现在五十年后，苏维埃俄国新经济政策初期的贵族之巢却在小小的咖啡馆。——原来革命后贵族破产，所余未没收的衣饰古玩，新经济政策初行，流到市场上，过了这两月他们便渐渐集股积聚，居然开铺子了。其实新经济实行，资本主义在相当范围内可以发展。而资本集中律一实现，这班小资本的买卖不过四五月就得倾倒。我初见街头所卖白面包，还是小生意家家里自己零做的。现在已经看得见一两种同式同样又同价的白面包，打听起来，原来已有犹太旧商人复活，做这大宗批发生意，替他算起来，一天可得利几千万苏维埃卢布呢。资本的发展——按经济学上的原则——真是"速于置邮之传命"。

俄国贵族的智识阶级向来最恨资产阶级的文化，——赫尔岑说西欧文明不外一"市侩制度"而已。现在却都要成可怜的资产阶级中的落伍者呢。虽然……虽然……那"忏悔的贵族"，——"往民间去的青年"，一世纪来在社会思想上为劳动人民造福不浅。共产党领袖中磊落的人才也不少过去时代的贵族呵。前一月我曾遇一英国共产党——很研究俄国文学。他说俄国文化中资产阶级一分都没创造，历来文学家社会思想家差不多个个都是贵族。……

我的俄国历史教授纪务立说：大俄罗斯民族东方性本重，个性命发达，——固然有许多特点优良的国民性，然而缺点也就不少。老实说，一切艺术科学文学的文化不是西欧输入的么？未欧化的大俄罗斯人污秽迟钝，劣性很可见，至于贵族青年有志的，那又是一件事——他们欧化虽不纯粹，始终在历史上占了一过渡西欧文化的地位。如说到小俄罗斯人——乌克兰人，已近西欧，东方色彩就淡得多。平民之中也可以看得文化性。

初到莫斯科时，我们认得一英国人——共产党，外交委员会的职员威廉。威廉夫人是生长在小俄罗斯的。他曾说小俄罗斯贵族的地主制——封建遗迹，破坏的较早。那地农家妇女爱清洁，有条理，——日常生活之中才真见得文化的价值。往往在大俄罗斯及乌克兰边境，小俄农家女有嫁给大俄人的；新媳妇进门不到两三天，立刻就要把大俄农村家庭整顿一番，油刷裱糊都是新媳妇极力主张的，——他根性就不能忍耐那半东方式的污糟生活。

六月十三日。

一七　莫斯科的赤潮

十月革命爆发，莫斯科成了世界革命的中心。这几天正是赤潮高涨的时候。一九一九年以来万国革命的社会党已经屡次会集于此。现今，一九二一年的六月，在此城里又要开四个国际大会：共产国际第三次大会，共产国际妇女部第二次大会，少年共产国际第二次大会，赤色职工国际第一次成立大会。

十七日，各会各国代表差不多都到齐了；在赤场行阅兵典礼欢迎代表团。广大的旷场，几千赤军，步马炮队，工人军事组织，共产党军事训练部，男工，女工，儿童，少年都列队操演。杜洛次基洪亮的声音，震颤赤场对面的高云，回音响亮，如象声声都想传遍宇宙似的。各国代表都致祝词。……"万岁"声……

昨天共产国际行第三次大会开会式。大剧院五千余座位都占得满满的，在台上四望，真是人海，万头攒动，欣喜的气象，革命的热度已到百分。祇诺维叶夫（Zinovieff）致开会词："我以第三国际执行委员会的名义宣布第三次的'为全世界所嫉视的'共产国际大会开会……"下面鼓掌声如巨雷，奏《国际歌》……

各代表演说庆祝完了之后，还聘请全俄全世界负盛名的名伶沙略屏（Sholiapin）唱歌曲余兴，……歌声入云际。

沙略屏歌完笑着说："我虽不是国际主义者，而是国家主义者，今天却有一歌，普希金的词，四国（俄德法意）文字都有译本，请为共产国际代表诸君一歌，恰好应景呢。"歌竟，四座鼓掌不已，坚请沙氏再唱。沙氏说我们唱时行的《劳工歌》，请诸君相和，……于是五千多人的全剧院都卷入《劳工歌》的声浪中了。

六月二十三日。

一八　列宁杜洛次基

克莱摩宫十三世纪的宫墙，七百年前的教堂——朴素古旧，建筑奇特，当时必是国家中央最大的圣地，而今比着后代西欧式的新殿宇，已竟很低很狭了，累世纪的圣像画壁——人面衣饰，各画之间还留着古艺术的"条件性"，好一似中国的关帝像，希伯来君士但丁文化的遗迹还显然；中央执行委员会，人民委员苏维埃的办公室，都在新殿宇内：巨大的跳舞厅，光滑雪亮的地板，金碧辉煌的壁柱，意大利名艺术家的雕刻，有一部分宫殿，彼得大帝以前的俄皇起居，还另设陈列馆人员指导游览，西欧化后俄国的文明已算会集希腊日耳曼的精髓糟粕；现今则安德莱厅赤色光辉四射，全宇宙映耀，各国劳动者代表的演辞，声音震及环球，——第三次大会的共产国际；今日之克莱摩宫真做得人类文化三阶段的驳杂光怪的象征。

第三次大会第一天，杜洛次基提案《世界经济现象》，指呈当时经济恐慌稍缓，渐有改善，劳动运动由进攻一转而为防守——资本家反乘机进取，然而这不打紧，共产国际可藉此深入群众，正是历练巩固革命力的好机会。丰采奕奕的杜氏，演说辞以流利的德语，延长到三小时余,……后来讨论时,法国共产党有许多疑问,争辩很久。我们新闻记者中有不十分懂的,因约着布加利亚代表同去问杜氏。杜氏见中国新闻记者很欣喜,因竭力和我们解释,说话时眉宇昂爽,流利倜傥。他说,经济状况窘迫——就是"恐慌"到时,并不一定是革命的时机,有时一部分小资产阶级的无政府派之激于意气,冒昧暴发,反丧群众的元力;经济状况改善时,工人资本家冲突渐入"经济要求"的狭轨里,然而即此可鉴"社会党人"和群众的密接训练程度增高……"法国同志就是不赞成我这一层意思……"他说得兴高采烈的时候,手里一枝短铅笔,因他指划舞弄,突然失手飞去,大家都哄然笑起来了。……

列宁出席发言三四次,德法语非常流利,谈吐沉着果断,演说时绝没有大学教授的态度,而一种诚挚果毅的政治家态度流露于自然之中。有一次在廊上相遇略谈几句,他指给我几篇东方问题材料,公事匆忙,略略道歉就散了。

安德莱厅每逢列宁演说,台前拥挤不堪,椅上,桌上都站堆着人山。电气照相灯开时,列宁伟大的头影投射在共产国际"各地无产阶级联合起来",俄罗斯社会主义联邦苏维埃共和国等标语题词上,又衬着红绫奇画,——另成一新奇的感想,特异的象征。……列宁的演说,篇末数字往往为霹雳的鼓掌声所吞没。……

大会快完,政治生活的莫斯科这次才第一次与我以一深切的感想呵。

七月六日。

一九　南国

——"魂兮归来哀江南"（庾信）

阴晴不定的天色，凄凄的丝雨，心神都为之忧黯……污滑的莫斯科街道，乱砌的石块，扰扰行人都因之现出跛相。街梢巷尾小孩子叫唤卖烟的声音，杂货铺口鱼肉的咸味，无不在行人心理上起一二分作用。

钟表铺前新挂起半新不旧的招牌，也象暗暗的经受愁惨的况味。我走进铺门，只见一老者坐在账台旁，戴着近光眼镜，凄迷着双眼，在那里修表呢。旁坐一中年妇人接着我的表嘻嘻的说道：

——呵，你们来开"大会"的，预备回去宣传无产主义么？

我笑着回答他不是的。他还不信呢。后来又说："不错不错，中国也用不着宣传，——在中国的资本家都是英国人，和我们从前一样，德国人在此占'老爷'的地位，咱们大家都当小工！现在又兴租借地了，和你们中国差不离。"我说，你们有苏维埃政府呢。他默然一晌，笑一笑，就不言语了。……

我回寓来觉着更不舒服。前几天医生说我左肺有病，回国为是。昨天不是又吐血么？七月间病卧了一个月，奄奄的生气垂尽，一切一切都渐渐在我心神里磨灭……还我的个性，还我为社会服务的精力来！唉！

北地风寒积雪的气候,黑面烂肉的营养,究竟不是一片"热诚"所支持得住的。

万里……万里……温情的抚慰,离故乡如此之远,那能享受。习俗气候天色,与故乡差异如此之大,在国内时想象之中都不能假设的,漫天白色,延长五月之久,雪影凄迷,气压高度令人呼吸都不如意。冰……雪……风暴……那有江南春光明媚,秋花争艳的心灵之怡养。

可是呢,南国文物丰饶也不久(其实是已经)要成完全的殖民地,英国"老爷"来了……想起今晨表铺主人的话,也许有几分真理。……

梦呓模糊,焦热烦闷,恍恍忽忽仅有南国的梦影,灿黄的菜花,清澄的池水……桃花……

唉!心神不定,归梦无聊。病深了!病深么?

八月五日。

二〇　官僚问题

俄国社会问题从十九世纪的以来，除九十年时代勃然兴起的劳工问题外，向来在社会思想中占极重要而不得解决的还有三个问题：智识阶级问题，农民问题，官僚问题。封建遗毒，东方式专制政体，使官僚问题种得很深的根底。葛葛里（Gogol）的《巡按》，俄国官僚社会的肖像，几十年，因有社会经济的根源，只在变化不在消灭，革命的巨潮如此汹涌尚且只扫刷得一些。无产阶级新文学中已有"新葛葛里"出现，共产党报纸上努力的攻击官僚主义呢。

一小学女教师值学校停课，所领口粮不够生活，因就一临时讲席，原来的口粮也没辞去。农工检察人民委员会，委派整理职员予以考核的时候，这位女教师不得不受审判，争辩的结果，反得知审判官中每人至少也得七份口粮呢。

郭质生和我说：有一营官兼营中政治文化委员会会员，不知怎么样作弊得五百万苏维埃卢布，营长及委员长两人最初假装着不知道。此后营官赂赠营长妻以地毡，却骗了委员长。营长及委员长两位长官的夫人彼此谈起来，委员长夫人吃起醋来了！于是这件事就此发作。营官的老母托质生去看他，他对着质生凄然的说道：

——听说判决死刑……枪毙，……枪毙……难道我的命只值五百万……五百万么？……

八月十二日。

二一　新资产阶级

无产阶级政府命令如箭的飞来,"店老班"的肚子如牛的胀起。

一月半前有一共产党的亲戚开了一咖啡馆,托一朋友雇跑厅的女郎,道:

——每月十五万卢布,每天两小时的工作,……嘻……嘻,额外钱"在咖啡馆"里他们自己还可以另赚,只要会……请……你留心替我找一找。

郭质生——虽是"非政治主义者",然而始终是热烈的"忏悔的贵族",嫉视市侩主义的文化——他听说这件事,暗含隐语的说道:

——现在又多一出路了。你中国的道学家!以为资产阶级,上等社会清高得很呢,你看,现在俄国机关有多少女郎!战前向来没有过。第一次外交部有女官,大家还诧异呢。现在这班"女官"你想他们怎么样。早晨上衙门,外交委员会呀,教育委员会呀,下半天"公余",赶紧重新梳掠涂抹起来,上咖啡馆当女役去!又是一条出路!你还不知道,革命时资产阶级破产,这些女孩儿家,速记生,打字生……怎样得上衙门去的呢,革命了,炮火连天。家里一个钱也没有,生意做不成,工厂没收了,丈夫在战线上不得回来,一个女人家年纪又老了,……要吃要用,怎么办呢?唔!哼……女儿十八九岁了,……一清早梳掠同着女儿去看一看"熟人"新任的委员,主任,"怎么样呢!困难得很……想一方法,请你给女儿弄个位置罢,啊哎!"……委员长看一看,眯细着眼说:"好……好,哈……哈!我给你们想法,给你们想法。……"于是成功了,有口饭吃。现在呢……现在呢……新经济一开放商业,哼……"旧的"更倒到"底下"去,新的更爬到"上头"来。

说得好急激,好急激,……未免刻毒。

和质生说完之后,顺路出来,天色已竟薄暮,暗地里隐约见前面两个人影,一面走着谈天呢:

——啊!我今日忘了带"白手套",出得手汗,好不难受。……你的事怎么样?"得意"么?

——我给他二百万卢布股分,他还请加。我想他那买卖利钱太少,算了罢。

新资产阶级发生起来,应着"资本最初积累律",社会生活的现象中也就随之发见种种"新式"。戏院(私人的),咖啡馆,饭馆,照相馆,市场经济越发扩张了,技师就私人企业家聘请的每月动辄百余万了。

国家工厂企业也完全改成"每一企业为一法人"的原则,竭力增加生产力,设许多国立托拉斯,种种专利制,——以与私人经济竞争。不但如此呢,政权把得稳稳才好。

前一月小商人自由集会于赤场,要想立新提嘉(syndicat),当时被苏维埃警察驱散。又一次选举商会,会长每月薪金一百五十万,会员一百万。——总共五人,说要"整理"市价,想做投机总机关,又被政府禁止,听说不久就要有合法的商人组织起来呢。——非得使他在国家市政监督之下不可。

八月十五日。

二二 饥

东俄旱灾非常之甚。俄国产麦最多的北方，除乌克兰及西伯利亚外，本部向来要算黑壤区，向来运输关系上乌克兰及西伯利亚离中央太远，全靠大俄本部黑壤区的出产。今年却刚刚是这一区旱灾，灾区非常之大。值此劳农政府努力于提高农工生产力之时，又受一大大的打击。革命战祸连年以来饥寒交迫，今年又是如此，真可见俄国无产阶级创业的艰辛。

劳农政府设着种种方法力图救济。各机关实行赈捐，没有被灾的农村，都派人募收志愿捐助的食粮。各城市中呢，举行音乐会，演剧，募捐；学生，赤军，医生，看护妇热心参加。职工联合会组织募捐队，又到灾区去调查。请外国红十字会来俄考察赈助，——美国还特派一机关来此。

俄国中央及各省报纸上载灾区通信："一堆一堆饥疲不堪的老人幼童倒卧道旁，呻吟转侧。……啮草根烂泥。……竟有饥饿难堪的农家，宁可举室自焚。……还有吃死人肉的呢。……"真是惨不忍读。政府茹苦含辛派遣火车去办移民，一切一切……

莫斯科城市新资产阶级开着辉煌的咖啡馆，饭馆；哼，募捐队去时，大大的商铺，只出得几万钱。"利"……"利"，麻木的神经，暗黑的良心……是市侩主义的标帜。

欧洲的资本家还想借此鼓弄阴谋，几百万人的性命在文明人眼光里算得什么！俄国经济破败没得法想，也就将就几分。——资本家说"不信"布尔塞维克办赈灾，于是全俄中央执行委员会组织一无党的赈灾会，——就是欧洲政客的同类，他们所认为有名望的立宪民主党呀，社会革命党呀，都加入。自然，有良心的，无资产阶级党派臭味的，廉直的"上等社会"也欣然来做此救济祖国的事业。——葛里基（M.Gorky）还预备亲自到伦敦巴黎去募捐。

昨天我到托尔斯泰家里，遇见托氏的幼女亚历山大（Alexandre Lyvorna）忽然说，赈灾会被解散了。原来赈灾会决议要分到外国及灾区去募捐或调查。实行时，这些贵族老爷都想借此出境，却不肯到困苦的灾区去，亚历山大亦是会员，当时一同被捕，审知无阴谋关系即刻就放出来了。据说不但是执行不执行那议决案的问题，有几个人还有凭藉这一联合组织作政治的诡谋呢……唉！

八月二十九日。

二三　心灵之感受

　　一间小小的屋子，以前很华丽的客厅中用木板隔成的。暗淡的灯光，射着满室散乱的黑影，东一张床，西一张凳，板铺上半边堆着杂乱破旧的书籍，半边就算客座，屋角站着一木柜，柜旁乱堆着小孩子衣服鞋帽，柜边还露着一角裙子，对面一张床上，红喷喷的一小女孩甜甜蜜蜜在破旧毡子下做酣梦呢。窗台上乱砌着瓶罐白菜胡萝卜的高山；一切一切都沉伏在灯影里，与女孩的稚梦相谐和，忘世忘形，绝无人间苦痛的经受，或者都不觉得自己的存在呢。那板铺前一张板桌，上面散乱的放着书报，茶壶，玻璃杯，黑面包，纸烟。主人，近三十岁的容貌，眉宇间已露艰辛的纹路，穿着赤军的军服，时时拂拭他的黄须。他坐在板桌前对着远东新客，大家印密切的心灵，虽然还没有畅怀的宽谈。两人都工作了一天，刚坐下吃了些热汤，暖暖的茶水，劳作之后，休息的心神得困苦中的快意；轻轻的引起生平的感慨回忆。主人喝了两口茶，伸一伸腰站起来，对客人道：

　　——唔！中国的青年，那知俄罗斯心灵的悠远，况且"生活的经过"才知道此中的意味，——人生的意趣，难得彻底了解呵，我想起一生的经受，应有多少感慨！欧战时在德国战线，壕沟生活，轰天裂地的手榴弹，咝……嘶……咝……嗡……哄……砰……嘣，飞机在头上周转，足下泥滑污湿，初时每听巨炮一发，心脏震颤十几分钟不止，并不是一个"怕"字；听久了，神经早已麻木，睡梦之中耳鼓里也在殷鸣，朝朝晚晚，莫名其妙，一身恍荡，家，国，父母，兄弟，爱情，一切都不见了。那里去了呢？心神惫劳，一回念之力都已消失了。十月革命一起，布尔塞维克解放了我们，停了战，我回到彼得堡得重见爱妻，……我们退到乡间，那时革命的潮流四卷，乡间农民蠢蠢动摇，一旦爆发，因发起乡村苏维埃从事建设。一切事费了不少心血办得一个大概。我当了那一村村苏维埃的秘书，家庭中弄得干干净净，——那有象我现时的状况！不幸白党乱事屡起，劳农政府须得多集军队，下令征兵。我们村里应有三千人应征。花名册，军械簿，种种琐事，我们在苏维埃办了好几天。那一天早上，新兵都得齐集车站，我在那里替他们签名。车站堆着一大堆人，父母妻子兄弟，牵衣哀泣，"亲爱的伊凡，你一去，别忘了我……""滑西里，你能生还么？……"从军的苦情触目动心。我们正在办公室料理的时候，忽听得村外呼号声大起，突然一排枪声。几分钟后，公事房门口突现一大群人，街卒赶紧举枪示威，农民蜂拥上前，亦有有枪械的，两锋相对；我陡然觉得满身发颤，背上冰水浇来，肺脏突然暴胀，呼吸迫促，昏昏漠漠不辨东西，只听得呼号声，怒骂声，"不要当兵"，"不要苏维埃……"哄哄杂乱，只在我心神起直接的反射，思想力完全消失，胡……乱……——我生生世世忘不了这一刻的感觉，——是"怕"，是"吓"，是"惊"？……不知道。

　　主人说到此处换一口气，忙着拿起纸烟末抽了一抽，双手按着心胸，接下又说道：

　　——然而……然而……过了这几分钟，我就失了记忆力了。不知怎么晚上醒来，一看，我自己在柴仓底里。什么时候，怎么样子逃到那地，我实在说不出来。自然如此一来，我们乡间生活完全毁了。来到一省城里，我内人和我都找了事情。过了几月才到莫斯科这军事学院里。我内人留在那省里，生了这一个女孩子，——主人拿手指着床上，——不能去办事了，口粮不够吃，我一人住在莫斯科，每一两星期带些面包（自然是黑的）回去，苦苦的过了一年。什么亦没有，你看现在内人亦来此地，破烂旧货都在这屋子里，俄国现在大多数的国家职员学生都是如是生活呵。可是我想起，还有一件事，是我屡经困厄中人生观的纪念。有一次，我上那一省城去，——那时我家还没搬来，——深夜两点钟火车才到站。我下站到家还有二里路，天又下雨，地上泥滑得不了，手中拿着面包，很难走得，况且坐在火车上又没有睡得着，正在困疲。路中遇见一老妇背着一大袋马铃薯，竭蹶前行，见我在旁就请我帮助。我应诺了他，背了大袋，一直送他到家，替他安置好。出来往家走，觉着身上一轻，把刚才初下站烦闷的心绪反而去掉了。自己觉得非常之舒泰，"为人服务"，忘了这"我"，"我"却安逸，念念着"我"，"我"反受苦。到家四点多钟，安安心心的躺下，念此时的心理较之在战场上及在苏维埃的秘书席上又如何！

主人说到此处，不禁微笑。女孩的酣睡声，在两人此时默然相对之中，隐隐为他们续下哲学谈话的妙论呢。

九月十日。

二四　民族性

　　旱灾非常之可惊；要征取新资产阶级的慈善捐，不如使他们自掷"缠头"，"孤注"，国家跑马厅因此又开跑马赛会，抽头赈济灾民。

　　我因病懒懒的不能去看，宗武去参观归来，告诉我许多很有趣味的事。

　　跑马厅中赌注下得很大，竟有百余万[1]一次的输赢，——新资产阶级的生长竟如此之敏捷，豪举胜事，固不必说，只要真有益于饥民。

　　座中有一老妇，和宗武谈起，他怎样知道马的好坏；每次他都说得中，谁胜谁败；并说，现时居然留着几匹名马，革命前他就看他们跑的，——他是一跑马厅赛赌老内行；宗武因听他口音别致，问起来，原来是匈加利人。——不知道怎么样，流落在俄的匈加利资产阶级，在此经过两次革命，受尽磨折，难怪他肆评俄国民族：

　　——我不是俄国人。俄国人还了得，弄了个劳农政府，教人表亦随便带不得，真正有趣！……唉！不必说起。你瞧，这沿街的小孩子，卖

---

　　[1] 一万苏维埃卢布：那时一万苏维埃卢布约值中国二角钱。——作者注

纸烟，不受教育，哼，农村里去看看，农民蠢得象猪一样，个性不发达，有事一哄一大群，谁亦不知道究竟怎么一回事，可是居然哄起来了；再则他们一面要地，怕地主，地到了手，政府问他要食粮，又舍不得了！真奇怪的民族。……

九月十三日。

二五 "东方月"（中秋作）

一

万里奇游，饥寒之国。
闻说道"胡天八月雪"，
　　可也只萧萧秋意，依依寒色；
只有那赤都云影，掩没了我"东方月"。

二

　　月圆月缺人离别，
　　人离别，长相忆。
万古"中秋"，未入欧人诗思词说。
原万族共"婵娟"，但愿"婵娟"年千亿。

三

又何必，人相念，月相望，细问太阴历？
　　　欧亚华俄——情天如一。
团圞梦影，灯前不堪回忆，
独恨那凝云掩映，希冀一线俱绝。

四

秋原黄叶，才领略别离滋味，
怎知道，有灾祲流乱，更饥寒万里。
只听那琐碎的蹄声，凄凉的雨意，
催嫦娥强现半面，掩云幕，永诀矣！

九月十六日（阴历八月十五）。

二六　归欤

中秋来了，陶怡情性的佳节到欧洲一变而成伤怀感慨的因由，——也许是我心理的病状。偶然和俄国人谈起"中秋"的意义，他们却引为奇趣，说这团圞的象征，大有诗意，怂恿我们借他们地方一为庆祝。女主人赶着做点心，欣欣的嬉笑，也强勉一解烦闷。

——恭喜恭喜，点心做好了，你们瞧一瞧。中国过这节通常吃什么？

——月饼。特为要圆的，才象"团圞"呢。

——呀！为什么不早说，我亦做圆的，那多有趣！

中国的一个中秋节也能在莫斯科过，意兴萧条中，未始不是一件乐事。后来谈到我的病，嘉德琳女士竭力劝我回国，——我亦知道，夜夜虚汗咳嗽吐血，难怪心绪不能好。可是回去罢，又怎么呢？……

座中忽来一新客，我们的谈话中断了。客从苦尔斯克（Kursk）来，向来是办食粮事务的。谈起来，据说："苦尔斯克（莫斯科南）农民对于新经济政策中的食粮课税法很满意，——今年办征收顺手得多，有的人家麦粮不够的，就教他们用马铃薯到市场上去换了麦粉交纳租税，他们也很赞成，再没以前倔强的态度了。农民兵士本来大多数是无意识的群众，向来不知道问'为什么'，只要'会'办事，政策妥当，原没什么难处。"

夜深散宴归来，又过质生处一谈，在莫斯科物质生活太困苦，还"不如归去"，或者有"可为"。……病体支离，要做的，应当做的，也都不能做。况且心理的病状，情感易动，感慨低徊，抛一滴无意的热泪；家园，故乡，人生的意趣，将来的责任都拼在泪花里，映着灯光，陆离万象，化作一"宇宙外的宇宙"了。

今天我写信与俞颂华，归计暂决，我们三人同来，未及一年，都已四散，——颂华五月就上柏林去了，我现在决计要归国，宗武还留此地，——三人此行的成绩，千辛万苦，报酬又何如呢？致颂华信中有几句话，聊且记下：

……我一个病人，为精力所限，为才力所限，为学识所限，在这八个月内的成绩如此而已！……是成是败？以我这样学识浅薄，精神疲敝的人，来做开天辟地研究俄罗斯文化（在我以前俄国留学生有一篇好的文章出来过没有）的事业，勉强有这一些成绩，能否算得最高限度？……

……总上三种原因：（一）求学问题，（二）通信问题，（三）经费问题，再加我现时的病状，不能不决定回去了。现在我已着手进行，可是旅途困难，行李笨重，还不知道什么时候才走得成功呢。……

九月二十五日（中秋后九日）。

二七　智识劳动

　　西伯利亚行旅现时非常困难，而我带的书籍太多，又不能走了，——总要等一"便"的机会才好。
　　病亦似乎轻了好些，最好能进医院，……肺痨是要"养"的。可是我一天不读，一天不"想"，就心上不舒泰，——不能不工作；要工作。
　　工作？我现在的工作纯粹是非体力劳动，片面的智力劳动更使健康受损，性情怪僻，再加之智识劳动所必须的"精神娱乐"，我也看得非常之淡，自然没有生趣了。

　　前天购书时偶然遇见德尔纳斯嘉女士，他约我赴他的家庭音乐晚会，聊一散心畅怀！
　　音乐会中到客亦有二十多人，大家肆谈种种问题，从家常琐事到文学哲学。有一女郎和我大谈其中国诗，——他本来是研究文学和科学的，他说无论如何听不出中国诗中的韵；我给他说，中国文的单音，如其照欧文押韵法，势必至于字字相同，所以"韵"，在中国文中只是"两字母音相同"，而子音难得相符。他们又都说中国读诗声如犹太教的祈祷词呢。

披霞娜声忽动，大家聚在厅里来。有一人奏携琴，一人奏繁华令（西洋胡琴）相和。风雷疾转，泉漏铿锵，固然已经怡神心会，最动人处却在抑扬迢递间写得人心弦上的言语。一中年妇人且吭喉高歌。……我总觉得欧洲音乐，比较的能传达人的情感于外；我虽中国人，听中国乐却没听外国乐的易于感动怡悦。乐竟，大家聚着几位少年人，——老年的吃完晚饭，都已告辞归去，——于是假作演剧，一直到早上六时才散。

欧洲人的精神娱乐，高尚雅致，而且不一定是上等人间，……智力劳动之暇尤其必须，——比打麻雀总好些！一笑。

哼！智力劳动，智力劳动，——一天一小块黑面包，还要娱乐……

今天一中国工人林扬清请我们吃饭；他是皮包匠，每天在工厂里做工八小时，一月得钱二百多万呢。

小小的两间屋子，女主人围着厨裙出来相见，问道：

——诸位说俄国话不说？请坐，请坐。

过不一忽儿，厨房里拿出牛肉汤，面条，我们道了谢，吃着，因说起工厂情形。据林扬清说，工人生活就是如此，也不算得坏了。每天工作完，归来有俄国妻子谈谈心，有时上戏院。当时还有好几位林扬清的同伴，热热闹闹谈天。

我看来暗暗的想，他们——非智力的劳动者，——即使有困难苦痛，大概永没有我这一种……"烦闷"呵。

十月十二日。

二八　清田村游记

一　游侣

托尔斯泰的邸宅，所谓清田村（Yasnaya Poliana），离莫斯科约四百余里；革命时还保存得完完全全，现在归教育人民委员会经管，已改作托氏邸宅陈列馆，另设一事务所管理他。托氏幼女亚历山大为陈列馆事务所的主任。苏维亚·托尔斯泰女士曾屡次邀我们去游。这次刚好莫斯科教育厅第一试验模范学校有一班学生读托氏文学事迹后，特赴清田村旅行游览；我们趁此专车一同前往。

游侣小学生二十余人，女教员二人，一德维里（Tver）人——老者，托氏亲戚嘉德琳等数女士，一少年；此外还有一所谓"苏维埃小姐"[1]顺路趁便车回家乡，他对我们说："我在嘉里宁那里办事。嘉里宁！你

---

[1] "苏维埃小姐"："苏维埃小姐"，革命后，女人在苏维埃机关当差非常之多，常戏称苏维埃小姐。——作者注

知道么？现在我们最大的伟人，全俄中央执行委员会会长。……"

我们三十多人同坐一辆专车。十三日晚我同宗武乘月到苦尔斯克车站，会着学生旅行队，他们都很高兴，一同上车，十四日一早到都腊（Tula）车站。由此到清田村不满四十里地，火车忽然停住，派人上去交涉半天毫无影响。我们因下车散步，宗武还替学生队在车旁照了一张照片。当时托氏亲戚等得心焦，先下车步行前去。我们闲着无事，因和德维里老者谈天。他是一个托尔斯泰派，此来也是特为趁车进谒托氏遗泽的。他是德维里地方一牛奶坊协作社的职员，那地从新经济政策实行以来，协作社已经由德维里省经济苏维埃出租于私人，不比国立时候了，——从此工人生活还要职工联合会来整顿呢。老者谈吐朴实，是中下社会的人，蔼然可亲，俄国风度非常之盛，谈及托氏主义，那一种宗教的真诚，真也使人敬仰俄罗斯民族的伟大，宽洪，克己，牺牲的精神，"第一要知道怎么样生活，人生的意义，唔，操守，心地……"谈及历年经过，不胜感喟的说：

——唉！俄国人根性就是无政府的。二月革命后，农民间无政府党非常之盛，反对克伦斯基政府急激得不了。比如北部诸省，就是十月革命后还延长许多时候才平定的，至今时起消极的抗拒，所谓人民委员，去都不敢去呢。那十月十一月时布尔塞维克"面包与和平"的口号，反对与德战争，大得全国农村的同情。后来才明白，军事不是空口停得的，都市里人也是要面包吃的……说起当时的政情来，唔！我们不谈共产党的政策。单说克伦斯基，他那里是一政治家，更不是政客，……谁知"自由与土地"的口号，呼号的那么高，"只听楼梯响，不见人下来，"谁知道他是一个"好人"呢。农民要土地，不是要社会革命党党纲的宣言书——是要实实在在的田地，没有什么神妙科学！他真不过是一个空想的智识阶级，譬如开国会问题，延长又延长，在那种政潮的时候！可见他丝毫政治作用都不懂得呵。说起智识阶级来，——你知道俄国几十年来的潮流？——革命之中智识阶级负罪不小。俄国人的心念中，智识阶级向来和普通平民分得清清楚楚，革命初起，他们就已谈什么宪法，国会，人民看得他们和皇上一样的高高在上。等到事情急了，他们又都抛弃了人民逃到外国去了，——不来帮着人民共负大业。怪不得无产阶级也走极端：那几月风潮汹涌的当口，看见带眼镜的人都指为智识阶级，怠工者，拼命排斥；于是智识阶级更逃得厉害，至今弄得要人办事的时候，人手又太少了。

我问现时俄国的宗教怎样，象托氏学说，传布得深远么？

——宗教么？俄国人是有名的宗教民族。一派市侩式的教堂宗教本是迷信，就是托尔斯泰派也很反对他的。革命前社会运动中反对教堂，以及绝对的否认宗教，本是很甚的。现在呢，政府和教堂分离了，宗教，及有宗教色彩的学说，未免大受打击。无意识的群众、农民却又起心理的反动，更去迷信起教堂来……托尔斯泰派呢，绝对不问政治，不过一种讲学的道德的宣传罢了，"人应当知道怎样生活"，唔！我这次有事到莫斯科，见着白尔嘉诺夫[1]，据说在清田村组织了一托氏派公社，所以特地去参观参观。听说这一公社组织得太晚了些，——现在新经济政策一行，一切都本商业办法，一切农具牛马，种籽，都要买去，那里来许多钱呢？要是早得半年，虽说是"军事的共产主义"，却一定可以得到政府帮助，——集体组织，公共事业向例共产党还算赞助的……

我们在站等到晚上八点钟才开车离都腊。——"都腊"这一字俄文原意为"拦阻"，据说当时鞑靼人从南进攻莫斯科，追到此地，俄国人藉此地的森林，乱斫柴木堆积成山，以挡鞑靼的来路，所以称做都腊，近代却是出产"自暖壶"的名城。

到清田站的时候，已经晚上九十句钟，不能到托氏邸宅去，——托氏邸宅离站约六里。我们两人和小学生同住站边一旧别墅中[2]，别墅虽

---

[1] 白尔嘉诺夫：白尔嘉诺夫，托氏老友，现为托氏派之首领。——作者注

[2] 别墅：别墅向为都市中人避暑时所住。——作者注

破旧，小小几间木屋，却也清雅，当天晚饭时，学生旅行队所带干粮牛乳还很殷勤的请我们吃。小学生嬉笑天真神态真使人神往。晚上将就在板床一宿。清早四时即醒，早饭前又替学生照了一相。问起那德维里老者来，说昨晚早已往公社去了。

二　托尔斯泰邸宅

　　秋云微薄，桦林萧瑟的天气，自清田站步行，向托氏邸宅行来。小桥转侧，树影俯窥溪流，水云映漾，轻步衰草上，如天然的氍毹，心神散畅，都市心绪到此也不由得不自然化了。转向北，直望大道，两旁矗立秋林，红叶斑斓，微风偶然奏几阕仙乐；遥看草间车辙，直行远出，有如川流——旷阔的村路一变而成"流水道"影。黯淡秋云，却时时掩隐薄日，日影如伞盖迎人，拂肩而过。偶然见一二农夫乘着大车，纵辔遄行，赶着马，"嘟嘟嘟"飞掠而过。抵托氏邸宅栅门，就见中世纪式半垒；——这邸宅原是托氏母家复尔广斯基王爵的遗产，地主制度的遗迹还可以看得见。进栅门后，转侧行数十步，遥隔花棚已见托氏宅，犬吠声声报客至，宅中人有出来探望的呢。

　　一进宅门，前室中就见五六架书橱；上楼时亚历山大出迎，指示解释室中陈设，说是托氏死后一切设置都还仍旧丝毫未动呢。两间图书室，也满放书橱，托氏生时屡次想整理一大间，专设图书馆，始终以邸宅太小没有成功，所以散置楼上楼下；如今还是仍旧。看一切陈设，托氏生前的生活确很朴素，——贵族生活如此却也在意想之外。就只饭厅里有一钢琴；四壁挂着画像，——有名画家联萍的托氏像。再转往东有一小过室——读书一周记室，一小圆桌，上放《读书一周记》，托氏生时每早起先到此室，记日记语录数则后，才出吃早饭呢。进一间就是书房，满架书籍，而突然投入我们眼帘的却是几个中国字，——原来是芝加哥出版的汉英对照老子《道德经》；书桌上文具很简陋；有一大块碧晶石，上刻金字，是托氏被希腊教堂除名时，马尔切夫斯基工厂工人公送托氏的贺礼；壁间满挂照相，托氏世代的遗像，安德莱·托尔斯泰夫人——苏菲亚女士的母亲，指示我些托氏兄弟伯叔的照相，中一框空着，据说，是托氏叔，因酗酒赌博，堕落子弟，所以除去，不使和诸兄弟相并而立。还有美国人克洛斯倍（Crosby）的肖像，他是美国候补总统，特来谒托氏，托氏劝他一番，他居然放弃候选之职，从此和托氏为至友。再进便是托氏卧室。

小小一间屋子，床头小几上还放着烛台，半枝残烛——托氏出走那天，半夜起来所点的最后一枝烛。床前窗下一小桌，屋角一洗脸架，旁有一马鞍，如此而已。壁间却有一托氏夫人芳年时的肖像，——不愧为名美人呢。

参观时，大家——小学生，教员及德维里老者都格外注意托氏出走轶事，频问亚历山大。亚历山大说：

——你们看这样的家庭布置，就是三十年前也算不得奢侈，然而我父亲晚年，时时刻刻总觉不安心，屡次想出走抛弃一切。再加之家庭恶剧，我母亲处处阻挠他的计划，如分地与农民等事。因此忏悔之心益切，也不得不走了。那天晚上，二句钟起，下楼叫我，同整理行装，叮嘱千万不告家人。父亲走时只肯带得最要紧几件物事，一切奢侈品都不肯用，还是我强勉把一手携灯纳在袋中……唉！你们不知道托氏晚年，心灵之经受多痛苦呵！

参观的小学生都很感动。当时他们散去，到托氏墓前并公社游览。

我们出来，安德莱夫人请我们再周观一次，崇武照了好几张照相，——中有一托氏生时之榻。安德莱夫人又说：

——你们还到楼下一看。那里有托氏早年时的书室呢。

楼下书室中，安德莱夫人还指示我们看一小栋，是当托氏初起忏悔，屡思自缢之处。

三　俄罗斯的农家

天色忽然阴沉，微有雨意，安德莱夫人说恐雨后不能出游，趁此时散步一周，再回来吃饭。

从后院走出，院中一大树，漫散四出，残叶时堕，安德莱夫人指着说，托氏生时每每坐此树下招待贫农谈话，村人都称此树为"贫者树"。出院后，一带果树，绕小径出去，经托氏宅前草场，入疏林蹊路，到托氏墓前，林中有一树椅，托氏散步时，常常坐此休息。我们在托氏墓前，看着小学生用落叶穿成一圈挂托氏墓上。满天湿云飞舞，瘦叶时时经风细吟，一仰首满目清朗，乡野天地，别有会心，托氏的遗泽更使人想起古人浑朴的天性，和此自然相交洽。

返托氏家午膳。托氏妻妹，托氏幼女亚历山大，托氏媳安德莱夫人，还有一中年妇人——托氏亲戚，及一老者——旧时军官，因托氏一语而弃职归田的，他们有的是教育人民委员会所委任，有的是借住于此，大家聚齐吃饭，殷勤问及中国政象，老子学说等。

饭后安德莱夫人又约游园。法国式的芳径，树木夹路，秋末残叶满地，踏步行来胜于毡茵。小池一角清漪如画，那时已萧萧微雨，浪纹都画秋痕。我问安德莱夫人乡居如何，为什么比在莫斯科时越发清瘦了？安德莱夫人说，乡居也不过因为有事罢了，此间人愚蠢，无可谈心，未免焦闷。"你看，那些人，老军官现在已反成希腊教徒，我们两位亲戚女太太们，成天的骂革命政府，俄国平民对着他们都有罪似的，——难道这是托尔斯泰的主义？……"所以他说很乏味，在乡间住着，说还是偶然到农民家去走走，倒可散心。

我们谈着话，信步行来已出托氏栅门，远望三五村落，烟雨迷闷，一片秋原寥落的光景。

安德莱夫人道：

——可惜今天天气如此，不然，还可以同你们到田间一散步呢，我们现在且到那边几家一坐，一看俄罗斯的乡间生活。

我们走过两畦到一木屋，小小巧巧四五间，也有电灯，玻璃窗……安德莱夫人笑着高声说：中国人来访吃"俄国农夫"了。

——呀，远客来了！——只见一农家女掀布帘出来，——原来中国人也来看俄国乡下人呢，……我们此地近着地主邸宅，向来比寻常农民讲究些；新近装了电灯……啊呀，天气不好，不然诸位可到那边村庄看一看，纯粹的俄国生活。请坐请坐。

安德莱夫人和我们介绍相见，女主人是以前托氏的农奴，还有一位客是安德莱夫人以前的陪嫁丫鬟。坐着吃了几口茶。屋中板桌板凳，屋角挂着希腊教神像，壁上居然有一张半新不旧的油画。四间住房，后面一小小院落，牛羊的兽栏，草仓。四间屋之间，一火炉制在墙壁里，一面临门处有铁板，中可烤面包煮菜；炉顶高及屋梁，上铺床铺。女主人指着炉子道：

——你们中国没有这样炉子罢！呵，冬天冷的时候，才好呢。睡在炉顶上，深夜时分，满身裹得紧紧，烘得暖暖的，将睡未睡的时候，拥着枕头，听着屋顶风暴绞雪，"呼……呼……呼"——真有趣呢。

四　托尔斯泰派公社

自农家出来，顺路到公社一游。

"托尔斯泰派都是非常之有道德的人，可是大概不是务实的人，经营事业，没有经验。"——这是嘉德琳女士和我在莫斯科谈的。现在我亲见托氏派的公社了。他们见我去，非常之欢迎，谈及中国托氏运动，恶战的风俗等等。

据说，托氏派抗拒征调往往被捕；出狱后大家组织起来，仍决然不去当兵，得了教育委员会允许在此组织一公社经济，——田地就用托氏遗产分给农民后所余的。现时社员大约十八九人。有麦田四十七俄亩[1]，菜圃二俄亩，另有三十五俄亩果园，中有一半与村农共有的，……其余产业还有马六匹，牛七匹，羊十头，——一年的生产，预算当可足用，今年还是第一年。社员男女都有，都自己下田工作，——只有农忙时可以雇人，——女社员还缝工织网。

恬静的生活，一切"人间乐"都抛弃。劳作的神圣，自然的怡养固然胜似他百倍。

生产品完全公有，各取所需……今年第一年的成绩还未见出。每年只公付国家五十铺德的食粮税，其他一切自由，几与外界绝无系连。

彼此谈着非常有兴，临走时还说：

——今天天雨，上站晚上简直走不得，我们借一匹马给你们。……

那天深夜，我们走之前，公社中还特派一人送面包及豆来，殷勤诚意，使人感动。

五　清田村之残梦

托尔斯泰邸宅的饭厅里，窗外已乱投秋林晚色，我们望着，正吃过晚饭之后，等着车子，预备返站。

桌上的自暖壶澌澌的响着，沸沫细吟，偶破一室的岑寂。老年的贵妇人——托氏妻妹，坐在桌旁做着女工，他的孙子，天真活泼的小孩子默然静坐在那里读龚察洛夫（Gontcharoff）集，还有一中年妇人——托氏亲戚闲坐读旧杂志。我偶然问那小孩读书几年了。托氏妻妹回道：

——他？他读的书不少，一直在家里，没进学校，——现在的苏维埃学校，……哼。

他说完忽看见小孩子一面看书，一面手里玩着纸牌呢，掀一掀眼

---

[1] 俄亩：一俄亩抵中国十八亩。——作者注

镜，欣欣然抬起双眉，暗中流露那贵族派调的礼貌，他问：

——呀！你们中国有赌具么？我非常之爱玩，你知道，我在巴黎时一夜输多少！——少年妇人插嘴道："呵！他年轻时才爱赌呢。"中年妇人见我们闲着无事，拿出一大盒照相，托氏当年家庭亲友的肖像，克留摩的风景，末后指着一张学生模样的照片说："这是我的儿子，唉！真伤心呵！革命时被可恶的布尔塞维克杀了。我们家许多房舍，邸宅，田地一概弄光了。我还坐过三个月牢狱呢，……呵哎……"托氏妻妹忽然向中年妇人道：

——现在，革命之后，什么事都翻过天地来了。你昨天用心没有：某小姐和那一少年，还有几位，唔，都是年轻女郎，挤坐一张沙发上，一点嫌疑，礼貌也不顾。——正说话时一女郎走来，托氏妻妹起初楞了一楞，仍接下笑着说道：

——不怕你恼，小姐，"说到曹操，曹操就到"，我们正在说你呢。

那女郎看着我们，很不好意思似的，半晌才说道：

——怎么为这样的事发恼呢，我们正盼望有人指教呢……——说着，口齿渐渐模糊，底下的几个字都吞在肚子里去了。

——哎唷唷！现在风俗不成话了。男女同学！男女同学！你们还不知道，现在中学校里男女学生成了什么样子呢！近廿年来的新教育！——中年妇人接着说道：

——你可不要冤枉人，他们几个小姐，倒都不是中学校出身，是受家里的贵族教育。

——可不是！生来世道人心如此，有什么法想。我们年轻时，不用说实际上，那怕没有一件两件风流奇闻；可是终还顾着脸子。我就不懂，怎么一二十年变成这样的世界！

——说来也奇怪，为什么在英法"男女同学"就不要紧，我们俄国却不行？

我听着禁不住插嘴道：

——那又更奇怪，我们中国也是这样说："为什么在外国就不要紧，一到我们中国就不成样子。"

车马预备好了，我们同几位女郎一同坐车往车站去。秋夜雨过，马蹄得得，仰看着流云走月，光芒四射；雨余小寒，凝露满裳，也和清田村中贵族的残梦似的，勉强固结"旧时代的俄国"。

清田村当革命怒潮时，农民中的少壮，哄哄欲动，要瓜分托氏财产田地；老年人念托氏的遗德，不忍动手；后来还是中央政府派员保护了这历史的伟迹。

六　大学生

十五日晚，本来说晚上二时开车，我们赶到车站，睡下，——一觉醒来，仍旧是清田站。早起奇饿，德维里老者约着下站一行，同到前天过宿的别墅中。和看别墅的农夫商量着，请他去买了些牛乳，煮些马铃薯，就在农夫屋里烧着自暖壶喝茶。主人殷勤询问中国生活。谈及托尔斯泰，主人还说：

——我是托尔斯泰初办学校里的小学生，我还会算加减乘除呢！

主人儿子坐在一旁，手里拿一本俄文启蒙读本；我问他要了看一看，因问现在农村学校怎么样。据说，每天小孩子都去上学，不要学费，"上半天去下半天就回来了！"学习算学，俄文。我试和那小孩子谈谈，小孩子很害臊似的，宛然一中国"乡下孩子"。德维里老者还问许多托氏生时的轶事。主人忽道：

——那又怎么样？托尔斯泰生时，我们去总还有许多书，——我们得了又读着，又卖几个钱。要帮助却难了：有熟人去，一块两块卢布，平常三角五角。

自暖壶水沸了，女主人倒茶给我们，咕噜着道：

——托氏自己是很要帮助人的,都是他夫人横在里面……

我问道:

——革命时,你们分着多少地呢?

——一亩半田。这两年勉强还够。今年又有什么"食粮税",我们也担负轻些,——一年付三分之一,十二铺德。生活要说宽余是说不得呢。我们革命前也从没见过三块卢布以上的钱。现在罢,管着别墅,每月经亚历山大·托尔斯泰的手,由教育委员会得八九十苏维埃卢布,——算得什么,几角钱!

说着话,宗武也从车上带着照相机来了。主人又请他照了一相。村里小孩有的嚷:"来看美国照相机呵!……"我笑向宗武说:

——再想不到中国人到了乡间,变成了西欧文明的宣传者。

主人还说,现时到城里去照一相,出一个月的薪水也不够呢。他又很热烈的送我们走,一面说道:

——我们这两天吃的面包都不够。公社里剩的面包,——现在可以出卖了,——我们去买也得出四五千钱一斤。他们都是大学生,虽说什么集合生产,究竟不大会种田。那四五十亩田,据我看来,还不如分给我们小农好些。……唉!穷人还是穷,富人还是富。……

我们回到车上已是十点多钟。十一点开车,到了都腊,不知怎的又停住了。天色阴沉,又不能下车散步。沉闷得很。回想此游所见,历历犹在心头;一见俄国乡间生活,也有无限感触。

一直等到晚上九点钟,才从都腊开车。

七 归途

一辆车中,暖暖的炉火,暗暗的车窗,笑语呼吸声中,隐隐的画出三幅杂色斑斓的奇画。——三种不同的文化:

车的南头，坐着几位清纯修洁的女郎，文秀的俄国少年，生意活泼，——都是托氏一家的亲友，贵族的遗裔，——可是他们现时虽已尽成平民，苏维埃机关的办事员，学校的大学生，而贵族式"夐不顾人"的派调，无意之中隐隐流露。只听着谈笑自如，深夜起坐，"呀！我一把梳子忘在乡下了，……""马丽答应借普希金集给我，临走时又忘了，"叽叽喳喳笑语不断。

车中间坐着两位中国人，天色已黑，又不能看书，只是默默的坐着，守那东方式的规矩，偶然有人请他们吃马铃薯，还回说："谢谢，不要，……不用客气，自己请罢。……"

车的北头，学生旅行队占着，傍晚的时候，男学生取柴，烧炉子，女学生洗碗盏。车开之后，大家围坐猜谜，说笑。十时余，教员说"可以睡觉了"，过不了二十分钟，小学生都已声息俱无。

只听车行震荡，渐渐往莫斯科去。晚上一二时光景，车南头忽然烛光一亮，又听得低低谈话，过了几分钟，嬉笑声浪，渐渐放纵。猛听得一小孩子声音说道：

——天晚了，人家要睡觉。请显些文化较高的身分出来……

突然烛影寂灭，车中又只听得均匀的轮轴颤动了。偶然露出一句含糊不明的低语："谁也不是文化程度高的人……"轮声震厉，再往下也听不清楚了。

酣然一梦，醒来已抵莫斯科苦尔斯克车站。

晓霜晴日，伴着归人，欣欣的喜意，秋早爽健的气概送我们归寓。

清田村一游，令人畅心满意，托尔斯泰——世界的伟大文学家，遗迹芳馨。旧时代的俄国，——贵族遗风还喘息于草间，依稀萦绕残梦。智识阶级的唯心派，新村式的运动，也有稀微印象。俄罗斯的农家生活，浑朴的风俗气息，而经济上还深陷于小资产阶级。平民农夫与智识阶级之间的情感深种社会问题的根蒂，依然显露。智识阶级问题，农民问题经怒潮汹涌的十月革命,冲动了根底,正在自然倾向于解决。——新教育与旧教育的过渡时期。

　　此游感想如此;其他乡间秋色,怡人情性,农家乐事,更饶诗意,生活的了解似乎不在远处……

十月十八日。

二九 "什么！"

一九一七年之秋，俄罗斯红光烛天，赤潮澎湃，虽然深寂的僻乡，余波荡漾，犹与沙岸石砾相搏击，激厉清刷。革命的风暴时期，群众集会的社会心理现万丈光焰，不可阻的伟力。——二十世纪历史的事业之第一步。

德维里省一牛奶厂主谢美诺夫，闲坐在办公室里，一手捻纸烟，呆呆的想着。忽然门响，进来两人："哼！请上苏维埃去！"谢美诺夫耸然站起来，突然的问道：

——苏维埃？苏维埃？什么样的苏维埃？

——去罢！不要多话了！

旧时王爵的邸宅里，短衫破袄，军帽毡靴，颜色憔悴，精神奋发的大群人，正在开会呢。谢美诺夫进来，大家都回头瞧看，人影簇动几分钟，又复静下。主席命谢先生，当众宣读议决案：

——德维里劳农兵苏维埃决议：宣告谢美诺夫之工厂，财产，房屋，一律没收，充作德维里省劳农地方政府公有。凡剥削者，——当劳农以革命之伟力取得政权时,当然一概剥夺权利,对于谢美诺夫工厂主自当遵例照办。

谢美诺夫颤巍巍的站起来,向四屋角一看——并没有神像,——他也不管,仍照例先画十字三次,当众寒抖抖的开言道:

——诸位"老爷"[1]。

——谁是你的老爷!——台下议场里有人出言斥责。

——诸位伙计,老爷,……我……我亦亦是农民出身,咱们却都……是平民。就是说说咱们都平等,我亦亦赞成革革命。可是,可是,……我,啊哎,原谅,原谅,……我从小辛苦到大,劳动者,真正的劳动者,现在现在……得有这一些财产,原是大家的,……不过,不过,挣到这步田地也不容易。……

说到此处,台下又起呼声:"你是劳动者!还想抵赖么?……"

——不,不,不,我是说,挣得这些财产也不容易;现在我心服情愿充公,充公,……苏维埃一定给我些保证,有块面包吃就好。

当时宣布之后,就派人去搜查封闭,一大半不动产都充公了。谢美诺夫还总是和声下气,没有车坐就步行,没有白面包就吃黑面包。后来通国又行动产没收法,名为"革命税",谢氏被判出六万卢布,他迟延抵赖。搜查的时候,他把几千张卢布纸币尽行拿出来,说:"再也没有了,再也没有了。"革命政府说,如不拿出,立即枪毙,限了六天的期限;他如无其事。后来还是他夫人害怕,供出有现钱存亲戚处。搜出充公,才罢。现在谢氏又成了承租小工厂的新资产阶级了。

某乡有一地主,没收之后,他到处询问,向各机关去申诉:"我没有犯罪,为什么没收财产?"——他始终不明白是革命。特地跑到彼得堡中央劳农政府,又撞了一个钉子。——精神病更厉害了。房屋已被没

---

[1] 老爷:革命前俄国人相称以老爷(gospodin),革命后都以伙计(tavarichtch)相称,现在新经济政策实行,发生新资产阶级商人,始以公民(grazdanin)相称。——作者注

收,移住一小木屋中,有人可怜他,给他讲解这是"革命",他已不是地主了。

——什么!什么!……啊!……不是地主?没收?房子,田地?……呀!什么!……什么!

小村落的尽头,一间木屋外,残枝堕叶,雪影稀微之处,常常可以看见一人,有时背着手,有时叉着腰,独行踽踽,来去踯躅,不时指手划脚,呢喃自语:

——呀!什么!

这是革命时期的逸事,一德维里人所告诉我的。

十月二十五日。

三〇　赤色十月

　　第三电力劳工工厂——旧时的奇纳摩工场。

　　十月革命的纪念。工厂中人集合无数，……晚会。劳动神圣的工人，他们所见所受已不少了：凶恶的哥萨克驱逐工人，风暴似的罢工运动，势不相敌的对垒争斗，今天却有多少人庆祝他们来，——十月革命，——职员，工人，家族，一群一群往工厂里去。

　　工厂管理人现在是乌哈诺夫，宣布开会，用简短的演说辞，略述十月时的经过，吊革命中之战死者，——大家都站立致敬，奏哀歌之后，一个一个陆续发表热烈的祝辞。

　　集会的人，看来人人都异常兴致勃发。无意之中，忽然见列宁立登演坛。全会场都拥挤簇动。几分钟间，好象是奇愕不胜，寂然一晌，后来突然"万岁"声，鼓掌声，震天动地。……

　　工人群众的眼光，万箭一心，都注射在列宁身上。大家用心尽力听着演说，一字不肯放过。列宁说时，用极明显的比喻，证明苏维埃政府之为劳动者自己的政府，在劳工群众之心中，这层意义一天比一天增胜，一天比一天明瞭：

——"拿着军器的人",向来是劳动群众心目中一可怕的东西;现在不但不觉他——赤军——可怕,而且还是自己的保护者。

列宁末后几句话,葬在热烈的掌声中。还没来得及静下,演坛上突然又现杜洛次基的伟影:

——我很愿意不到这演坛上来,而只愿意坐在你们中间,听一听你们的回忆辞。

杜洛次基说着经济状况道:"天下没有完全满心足意的人。随便那一集会,都可以有人说困苦,不满意。有一次我听见农民抱怨经济的破产,我问他们:一被火灾的农夫,他大约要多少时候,才能盖得起一座新木屋来?——'也许积积聚聚,得三四年罢。'那么,怎能指望在短时期中,我们这样大的国土,经过大火灾后,立刻就能恢复呢?这是好几年,好几年的事。譬如说罢,我刚才乘升降机上来。我按着电纽,升降机动了,我一放手,他又停住了。问起来,倒说是:'他生来这样的坏脾气。'哈哈……而这样的缺点,我们多得很呢。必需努力奋斗,研究我们自己的错误过失,改正他。那时我们才能胜利。"

鼓掌声,"万岁"声,《国际歌》乐声,工厂的墙壁,都显得狭隘似的,——伟大的能力正生长。……

——万岁!莫斯科工人女工万岁!——杜洛次基最后的呼声。

——万岁!——全场震动天地的回应声浪四散。

——革命伟人万岁!

会完了。一大半到饭厅晚宴。有一群工人到工厂管理处去说:"唔,谢谢你,乌哈诺夫伙计,我们又见着了伟人了。"

听说那管升降电机的女工,四处向人说,关于升降机电纽的事,他并没有说错话。

赤色十月工厂中的庆祝晚会,确有无限盛意。但愿那"有坏脾气的电纽"一天少似一天。

——十一月七日为彼得城无产阶级爆发的纪念日,适俄旧历十月二十五日,故称十月革命。

十一月八日。

三一　中国人

半载不得家书，只身孤影，心灵中无穷奇感。"我"的一部分渐起变态，暗昧之中常有社会的"我"的意识冷嘲热笑。

前两天（十一月六日）听说华侨吕某从哈尔滨来，带有我老弟的信，等不及，就去访他。晚上八九句钟去，吕某还没归来。同居王某留我略坐，——我因为亟欲一见家书，也就坐下略喝几杯茶。王某道：

——先生在此处还好？听说莫斯科的中国领事走了，到底是怎么一回事？

——我也不大清楚。

——哼，陈广平在莫斯科刮了一大层地皮，跑了；我们新从赤塔回来，昨天前天听此地的华侨说来，没有一个不骂他。中国官僚，官僚几时就杀得尽了！赤塔的领事也是如此。

旁一中国工人问道："现在赤塔的是谁？他妈的……"王某道：

——新领事沈崇勋，一到任就有人粘无名揭帖骂他。一张护照要卖多少钱！赤塔中国小工说得好："沈崇勋这鬼子，不知道把自己的妹子押了多少钱，在外交部运动来的差使；现在赶紧要来赤塔刮一批回去，赎妹子，预备嫁妆呢。"赤塔华侨会也因领事到后，大家争权。领事自己把一切交涉——甚至琐屑的华人搬住注册等事，都一箍脑子抓在自己手里：好一张一张执照呀，护照呀的抽头。——弄得华侨会一件事也办不动。有一天，好几个工人小贩去见领事领执照，偶然说了一句："华侨会现在不能办事，——都叫领事办去了。"沈崇勋开口就骂："放屁！"当时激愤了工人，挥起拳来就要上去打；他那鬼头，也只得抱头鼠窜了。

喝着茶，谈笑着不觉已到十时，吕某还不曾回来。我想走，却来了几位客，因此又坐下。来客有一中国小贩同着俄国妻子，彼此介绍。那小贩的妻子戏问我道：

——你们中国，是不是有娶几位妻子的风俗？

——有是确有的，不过富人才养得起呵！——他听我说这话，回身向他丈夫道：

——可不是，你还赖呢！我知道，你家里另有一位中国女人呢。——他丈夫也笑着道：

——不错，不错，家里另有一位心爱的呢。

另有一女郎，忽然想起，嚷道："呀，明天十一月七日，过纪念节呢！"一俄国商人插嘴道：

——啊哎！明天一天又不能做生意了！现在是少做一天，少一天的进项……

女郎道："唔！发了四年的口粮，不要钱，大家还是嫌少；现在不发了，请你们自己去赚钱过活罢。……"

吕某夜深不回来，我约着日后去取信，就归寓了。今天呢，信已取来，不禁想起那天的谈话，聊为一记，以见中国人的俄国生活。

十一月十六日。

三二　家书

　　前几天我得着北京来信，——是畇弟的手笔，还是今年三月间发的，音问梗塞直到现在方来。他写着中国家庭里都还"好"。唉！我读这封信，又有何等感想！一家骨肉，同过一生活，共患难艰辛，然而不得不离别，离别之情反使他的友谊深爱更沉入心渊，感切肺腑。况且我已经有六个月不得故乡只字。于今也和"久待的期望一旦满足"相似，令人感动涕泣，热泪沾襟了。

　　然而，……虽则是如杜少陵所言"家书抵万金"，这一封信，真可宝贵；他始终又引起我另一方面的愁感，暗示我，令我回想旧时未决的问题；故梦重温未免伤怀呵。问题，问题！好几年前就萦绕我的脑际：为什么要"家"？我的"家"为了什么而存在的？——他早已失去一切必要的形式，仅存一精神上的系连罢了！

　　唉！他写着"家里好"。这句话有什么意思？畇白，畇白，你或者是不愿意徒乱我心意罢了？我可知道。我全都知道：你们在家，仍旧是象几年前，——那时我们家庭的形式还勉强保存着，——那种困苦的景况呵。

我不能信,我真不能信……

中国曾有所谓"士"的阶级,和欧洲的智识阶级相仿佛而意义大不相同。在过去时代,中国的"士"在社会上享有特权,实是孔教徒的阶级,所谓"治人之君子",纯粹是智力的工作者,绝对不能为体力劳动,"手无缚鸡之力"的读书人。现在呢,因为中国新生资产阶级,加以外国资本的剥削,士的阶级,受此影响,不但物质生活上就是精神生活上也特显破产状况。士的阶级就在从前,也并没正式的享经济特权,他能剥削平民仅只因为他是治人之君子,是官吏;现在呢,小官僚已半文不值了,剥削方法换了,不做野蛮的强盗(督军),就得做文明的猾贼(洋行买办);士的阶级已非"官吏"所能消纳,迫而走入雇佣劳动队里;那以前一些社会特权(尊荣)的副产物——经济地位,就此消失。并且,因孔教之衰落,士的阶级并社会的事业也都消失,自己渐渐的破坏中国式的上等社会之礼俗,同时为新生的欧化的资产阶级所挤,已入于旧时代"古物陈列馆"中。士的阶级于现今已成社会中历史的遗物了。

我的家庭,就是士的阶级,他也自然和大家均摊可怜的命运而绝对的破产了。

我的母亲为穷所驱,出此宇宙。只有他的慈爱,永永留在我心灵中,——是他给我的唯一遗产。父亲一生经过万千痛苦,而今因"不合时宜",在外省当一小学教员,亦不能和自己的子女团聚。兄弟姊妹呢,有的在南,有的在北,劳燕分飞,寄人篱下,——我又只身来此"饿乡"。这就是我的家庭。这就是所谓"家里还好"!

问题,问题!永不能解决的,假使我始终是"不会"生活,——不会做盗贼。况且这是共同的命运,让他如此,又怎么样呢?

总有那一天,所有的"士"无产阶级化了,那时我们做我们所能做的!总有那一天呵……

十一月二十六日。

三三 "我"

秋白的"我",不是旧时代之孝子顺孙,不能为现代"文明"所恶化;固然西欧文化的影响,如潮水一般,冲破中国的"万里长城"而侵入中国生活,然而……然而这一青年的生活自幼混治世界史上几种文化的色彩,他已经不能确切的证明自己纯粹的"中国性",而"自我"的修养当有明确的罗针。况且谁也不保存自己个性抽象的真纯,——环境(亦许就是所谓"社会")没有不生影响的。

然而个性问题有渊深的内性:有人既发展自我的个性,又能排除一切妨碍他的,主观的,困难环境而进取,屈伸自如,从容自在;或者呢,有人要发展自己的个性,狂暴忿怒面红耳赤的与障碍相斗,以致于失全力于防御斗争中,至于进取的创造力,则反等于零;或者呢,有人不知发展他的个性,整个儿的为"社会"所吞没,绝无表示个性的才能。——这是三种范畴。具体而论,人处于各种民族不同的文化相交流或相冲突之时,在此人类进步的过程中,或能为此过程尽力,同时实现自我的个性,即此增进人类的文化;或盲目固执一民族的文化性,不善融洽适应,自疲其个性,为陈死的旧时代而牺牲;竟或暴露其"无知",

仅知如蝇之附臭，汩没民族的个性，戕贼他的个我，去附庸所谓"新派"。三者之中，能取其那一种？

如此，则我的职任很明瞭。"我将成什么？"盼望"我"成一人类新文化的胚胎。新文化的基础，本当联合历史上相对待的而现今时代之初又相补助的两种文化：东方与西方。现时两种文化，代表过去时代的，都有危害的病状，一病资产阶级的市侩主义，一病"东方式"的死寂。

"我"不是旧时代之孝子顺孙，而是"新时代"的活泼稚儿。

固然不错，我自然只能当一很小很小无足重轻的小卒，然而始终是积极的奋斗者。

我自是小卒，我却编入世界的文化运动先锋队里，他将开全人类文化的新道路，亦即此足以光复四千余年文物灿烂的中国文化。

"我"的意义：我对社会为个性，民族对世界为个性。

无"我"无社会，无动的我更无社会。无民族性无世界，无动的民族性，更无世界。无社会与世界，无交融洽作的，集体而又完整的社会与世界，更无所谓"我"，无所谓民族，无所谓文化。

十二月三日。

三四　生存

> 仅只一"生存"对于他（腊斯夸里尼夸夫）总觉不足，他时时要想再多得一些。
>
> ——《罪与罚》，笃思托叶夫斯基

　　电灯光射满室，轻轻的静静的回舞他的光线，似乎向我欣然表示乐意。基督救主庙的钟声，在玻璃窗时时震动回响，仿佛有时暗语，我神经受他的暗示。我一人坐着，呆呆的痴想。眼前乱投书籍报章的散影，及小镜的回光。我觉得，心神散乱，很久不能注意一物。只偶然有报上巨大的字母，乌黑的油印能勉强入我眼帘。

　　我想要做点事情，自己振作振作，随手翻开一本钞本，上有俄文字注着英法中文，还是我一年半以前所钞写的。随意望着钞本看去。当然，我看这钞本并不是因为我又想研究这些俄文字，不过想有点事情做，省得呆坐痴想，心绪恶劣。然而……然而你瞧，我又出神。我竟不能正正经经用功，怎么回事？……

我看见钞本上有：——mentir，lie，讹言等字，不禁微微的一笑，——想必当时也没有知道"为什么而笑"。

——什么，你笑么？——忽然听得有人在背后叫我。我吓得四周围看了一看：在屋子里面一个人亦没有。只有一只老白猫坐在地板上，冷冷的嘲笑的神态，眼不转睛的望着我。

"难道这是他说的，"我心上不由得想着，又用用心看好了那白猫，听他再说不说。"奇怪！真奇怪！怎么猫亦说起人话来呢！"唔！又听着：

——你心上喜欢，高兴，你以为，你勉强的懂得几国文字了，（哼，我们看来，当然，还不过是大同小异的"人"的声音罢了；或者是白白的一块软东西上，涂着横七竖八的黑纹。）怎么样？是不是？哼，几国文字！……你可知道，每一国的文字都有"讹言"一字！可是我们"非人"的字典上却没有这一个字。本来也没有字，更没有字典。哼……

说到此时，床下似乎有一点响动，我的神秘的猫突然停止了，竖起双耳，四围看了一周，我当时也就重新看起书来，想不再理他。本来太奇怪了，我实在再也听不来这样的兽语，然而他，似乎很不满意我的这种态度，突然又提高着喉咙演说起来：

——哈哈！你以为你"活着"么？懂得生活的意义么？——他狂怒似的向着我，又接下道，——不要梦想了，再也没有这一回事！你并没有"活着"，你不过"生存着"罢了；你和一切生存物相同，各有各的主观中之环境，而实际上并不懂得他。你现在有很好的巢穴，里面有人工造的明月，还有似乎是一块软板，上画着花花绿绿的黑油（我也不知道是什么）；坐着呢，很不自然的抬起两只前腿，不坐在地上，而坐在似乎是"半边笼子"里；天赋的清白身体藏在别人的皮毛里；最奇怪的，就是燃着了不知是什么一种草，尽在那里烧自己的喉咙。这就是你的环境。我知道，我很知道，你以为这样非常之便利，非常之好。非常之好！又怎么样？不错，"这些"便利之处，原是你"人"自己造出来的；可是，一人为着"这些"而不惜毁坏别人的"这些"；你们，"人"，互相残杀，也是为着"这些"。不但如此，即使你"人"看着这种行为，以为很有趣，也象我和鼠子一样，——残杀本不是罪恶；而"讹言"呢，奸计呢，难道是神圣的？"人"原来是这样一个东西！为了什么？……生存在这种环境之中，"有种种便利之处"可以享用，而还是要想再争多得一些，再多得一些，再多得一些！你无论如何不懂得：一面积聚许多人造的"便利之处"，一面就失去"天然的本能"，"与天然奋斗的本能"，而同时你的欲望倒是一天一天的在那里增高扩大呢。于是为满足这种欲望起见，又不能与天然直接奋斗，你于是想法骗人；讹言，奸计。不要脸的混账的"人"！自然呢，这样方法的生活，不是人人都能做得到的，谁要是不会这样生活，那人就倒霉。你看，现在你不是心绪不好，呆呆的痴想，忧愁，烦闷么？这才是你所要的"再多得一些"呢，哈哈哈。我，猫呢，却无时没有现成的衣服，现成的灯烛：日与月。我用不着什么"再多得一些"……

——可耻，可耻，"人"，你的"人"！混账，混账！没有才能的，不知恩的，最下贱的自欺者——"人"！——猫说到此，声音更响，竟哈哈大笑起来。

我再也忍耐不住了，站起来要去打他，然而一闪眼，他已经不见了。一看呀，他已经逃得很远很远。"我是个'人'，当然不能追得上他那又小又轻便的无汽机的汽车，无电机的电车。算了罢，算倒霉！"叹一口气，醒来，满身是汗，——原来是一梦。

十二月十日。

三五　中国之"多余的人"

　　……我大概没有那动人的"心"！那足以得女子之"心"；而仅仅赖一"智"的威权，又不稳固，又无益……不论你生存多久，你只永久寻你自己"心"的暗示，不要尽服从自己的或别人的"智"。你可相信，生活的范围愈简愈狭也就愈好。……

——《鲁定》屠格涅夫

　　圣人不患苦难，而患疾病。

——《墨子》

　　病魔，病魔！自七月以来，物质生活渐渐的减少，——优待食粮因新政而改付值办法；智力工作更无限制的增加。于时，我更起居无时——不是游息的"无时"而是劳作的"无时"，饮食不节，——不是太多的"不节"，而是太少的"不节"。疾病的根底一天一天埋得深了。"我难道记忆力，论断力都失了么？……让我想一想看。"病卧几天，移我入此高山疗养院。

　　静静的寝室，窗儿总是半罅着；清早冷浴；饮食有定量定时；在院中雪下强睡；量药称水有人专值；晚间偶坐厅中笑语，医生演讲病源，病状，医术；有时还请人歌唱演剧奏琴，作娱乐；——有一定的规则。谁也不能违背。"此间是军国主义式的统治，医生独裁制……"科学的威权最高无上。我对于这一切最初绝无感想，——不会感想；念念"用智"，"出院后某天当做某事……"如此一秒钟都不能停息。

　　四五天来——我是十二月十五日进院的，精神才渐渐的清晰，回忆复活；低徊感慨缠绵悱恻之情，故乡之思隐约能现。……咦！

　　咦！我生来就是一浪漫派，时时想超越范围，突进猛出，有一番惊愕歌泣之奇迹。情性的动，无限量，无限量。然而我自幼倾向于现实派的内力，亦坚固得很，"总应当"脚踏实地，好好的去实练明察，必须看着现实的生活，做一件事是一件。理智的力，强行裁制。我很知道，个性的生活在社会中，好比鱼在水里，时时要求相适应。这我早就知道！二十余年来的维新的中国，则从"无社会"状态出来，朦胧双眼，——向没有见着自己的肢体肤发，不用说心肝肺脏了，他酣睡中的存在，比消灭还残酷。如何不亟亟要求现实精神呢。然而"刚从无社会状态出来……"可知是开天辟地草创的事业。此中的工作者，刚一动手，必先觉着孤独无助：工具破败，不堪适用，一切技术上的设备，东完西缺，总而言之，这是中国"并非社会压迫个性而为社会不助个性"之特别现象。自然而然，那特异伟力超越轨范的需要也就紧迫。两派潮流的交汇，湍洄相激，成此旋涡——多余的人。

　　假使有人在此中能兼有并存两派而努力进取，中国文化上未始不受万一的功劳。然而"我"，——是欧华文化冲突的牺牲，"内的不协调"，现实与浪漫相敌，于是"社会的无助"更斲丧"我"的元气，我竟成"多余的人"呵！噫！忏悔，悲叹，伤感，自己也曾以为不是寻常人，回头看一看，又有什么特异，可笑可笑，应当同于庸众。"你究竟能做什么，不如同于庸众的好，"理智的结论如此；情性的倾向却很远大，又怎样呢？心与智不调，请寻一桃源，避此秦火。……"然而，宁可我溅血以偿'社会'，毋使'社会'杀吾'感觉'。"……

噫！心智不调。无谓的浪漫，抽象的现实，陷我于深渊；当寻流动的浪漫，现实的现实。不要存心智相异的"不正见"，我本来不但如今病；六七年来，不过现实的生活了，心灵的病久已深入，现在精神的休养中，似乎觉得：流动者都现实。疗养院静沉的深夜，一切一切过去渐渐由此回复我心灵的旧怀里；江南环溪的风月，北京南湾子头的丝柳。咦！现实生活在此，我要"心"！我要感觉！我要哭，要恸哭，一畅……亦就是一次痛痛快快的亲切感受我的现实生活。

十二月十九日。

三六 "自然"

印度哲人泰果尔说:"希腊文化发生于海隅小城市,——都市的城壁暗示'占有'的冲动,他视'自然'为敌;譬如行路的人,以大道为障碍人与目的之间的远度。印度文化发生于森林温地,——长枝漫叶;起居感受于其中,增长'融洽'的精神,他视'自然'为友;譬如行路的人,以大道为人与目的之间的因缘,——实在就是目的的一部分。人与自然,个性与社会的协调,为将来的文化;浓郁的希望,仁爱,一切一切……由忿怒而至于喜乐……"

俄国的白林寒雪,旧文化的激发性也是当然;他视"自然"为邻人;偶然余裕,隔篱闲话家常,——封建遗化农村公社的共同寂静恭顺的生活;有时窘急,邻舍却易生窥伺,——西欧的顽皮学生,市侩主义维新后之传染病。中国的长河平原,感受无限制的坦荡性;他视"自然"为路人:偶然同道而行,即使互相借助,始终痛痒漠然。俄国无个性,中国无社会;一是见有目的,可不十分清晰,行道乱投,屡易轨辙;一是未见目的,从容不迫,无所警策,行道蹒跚,懒于移步。万流交汇,虚涵无量,——未来的黄金世界,不在梦寐,而在觉悟,——觉悟融会现实的忿，怒，喜，乐，激发，坦荡以及一切种种性。

是久远久远的过去语，也许是遥远遥远的将来之声。

人远离包涵万象的自然，舍弃永久的基础，只在人造的铁网间行走，——这或是跳舞矫作姿态时，或是乘橇下峻坡耳；他不得不步步勉力自求保持身量之均势；偶然得一休息地，反暂时感觉一隐隐的傲意："我对于外界的自然，很能有强力的克服他。"自然，自然，不能永久如此，如此强勉。……

"我"与"非我"相合，方有共同之处可言。"我"与"非我"相对，只觉个性之独一无二。

如此，不得不有以系连之："爱"。

儿童酷好游玩，诚然不错；然而他假使不知道有"母怀"可返，游玩便成迷失，渐觉可怕；我们个性的高傲，假使不能从"爱"增高其质性，他便成我们的诅咒。

十二月二十四日。

三七　离别

　　一九二一年已经完了。高山疗养院庆祝新年。医生，职员，病人，——须发蓬松的老者，俄国式短衫里的壮年，新妆微艳的女郎少妇，都会集于王爵邸宅中的客厅里，钢琴节奏，跳舞，捉迷藏。——中国恐怕仅有小儿童才有这般的兴致。可是此地亦有小孩子来了，一群一群女役的，职员的，医生的儿女，都来趁热闹呢。

　　厅中竖着一棵大杉树，上插小烛，融融火光，满室都含温情的暖意。俄俗每值新年至圣诞时（依俄旧历则为自圣诞至新年），必定家家燃"杉烛"，杉上又挂小牛，小马，飞艇，镰刀，千里镜，种种纸制玩具（战前资产阶级有用铜制甚至于银制者），做送小儿童的礼物，——好一似中国的"押岁盘"。小孩子今天更欣欣然的围着那厅中的"杉烛"舞蹈歌唱呢。

　　——你们中国也兴燃杉烛么？

　　我答道："不。"

　　女医生和我说：

　　——这杉烛本来是北欧异教徒的习俗。每到这一天——新年，是冬季的中间,最短的一天,北欧寒带,这一天简直不见日影,所以整天的燃着杉烛。你们中国过年有怎样的娱乐礼俗呢?说来一定非常之有趣的。

我随便告诉他们些中国风俗,都引为奇趣。……

"温情乐意的人生,在亲亲切切的生活里,中国社会生活中少见如此,——必定只在家庭。"然而欧洲有现实的社会,社会就和家庭(中国)有同样的价值。赤俄革命后的社会生活,更进一层,混以前相异的社会为一,女役,——在中国不过"老妈子"罢了!——和医学博士携手同歌呢。那里想得到中国家庭外的社会生活,只是麻雀牌的桌子,烧酒壶的壶底呢?——家庭内的亲切高尚优美的生活,娱乐,也就少见得很。

然而我不得不回想父母膝前的旧梦,——我曾有温情乐意陶养我的心性。现在离别六年了,今年更到万里外莫斯科的病院里!离别,离别!

一九二二年一月一日之第一小时。

三八 一瞬

邱采夫

邱采夫（F.I.Tuttcheff），俄国斯拉夫派的诗人，一生行事，没有什么奇迹，可是他的诗才高超欲绝。当代评论家白留莎夫称他继普希金的伟业。邱采夫的人生观，东方式得利害，亦饶有深趣。他崇拜自然，一切人造都无价值而有奴性，自然当与人生相融洽；承认真实的存在，只在宇宙的心灵，而不在个性的"我"。——和那后来流入德俄的印度哲学不约而同。（邱采夫曾屡为驻德外交官，为失勒的好友。）"自然"对于他一切神秘：爱，欲，浑朴的冲动；所谓"抽象的思想，都虚讹无象"。

> 人生有瞬息，
> 难可以言传，
> 相忘于人间，
> 清福自为宣。

萧萧高树杪，
天鸟语我前。
尘伪去何远，
亲切会心妍。
宇宙满吾怀，
高情遗我先。
梦意盈此心，
佳时会有然！

一月九日。

三九　Silentium（寂）

邱采夫

毋多言！隐秘密藏
你的感觉和幻想！
任在那心灵的深处，
他起伏自自如，
如明星深夜相传：
但怡悦，毋多言！

你怎能剖白于自心？
人怎能了解你人生？
描象的思想
都虚讹无象。
大钥在手，顷刻豁然：
隐藏，隐藏，毋多言！

但得会生活于自己！自重，
全宇宙在你心中；
那圣秘神密的意想，
可怜扰攘于外来的声响，
盲眩于昼间的光焰：
你可深会他的歌声，毋多言！

　　　　　　　　　一月十二日。

四〇　晓霞

"军国主义"之下已一月多了，高山疗养院的生活恬静规约，——有时也有精神的疲乏。况且和外界绝对隔离，几同封锁，天天看着灰色的天，白茫茫的雪，怎得不盼望清风朗日，一畅胸襟呢？莫斯科忽然移近东亚——远东大会召集，用得着我这"东方稚儿"，于是出高山——陡然呼吸一舒，好一似长夏清早，登高山而望晓霞。

灰色的短夜，星汉徐移，"沉闷"如飞云一般渐渐吹散，放出些早凉，凝凝的细露，淡淡的晓色，长林丰草间偶然一阵一阵清风，"夜"的威权慢慢地只剩得勉强支持的姿态。小鸟欣欣的相语，蛩虫朦朦的相投，一望远东，紫赤光焰，愈转愈明，炎炎的云苗，莽然由天际直射，烘烘烈烈，光轮轰旋，——呀！晓霞，晓霞！

此时此际，未见烈日，——也许墨云骤掩，光明倏转凄黯，不然也只遥看先兆，离光华尚远；然而可以确信，神明的太阳，有赤色的晓霞为之先声，不久不久，光现宇宙，满于万壑。欣欣之情，震烈之感，不期而自祝晓霞。

寒凛的北国，死寂的严冬，忽然想象烈夏的风光，何等快事！这是回念，这也是预想。可以回念，年年的夏日清早之飞赤，也可以预想，明年后年，暑日初晨之远东——那不都有"晓霞"么？

诚然不错，一九一七年二月以后十月以前，北海之南，芬兰湾之东，亚尔帕山之北，乌拉岭之西，曾染浓艳光赤的晓霞。——现在久现红日了。

远东大会的饭厅里偶然可以遇见革命潮中之过来人。他能和你们讲：

——革命的怒潮，革命的怒潮！呵，如火如荼！现在我能安安逸逸生在此，为远东古国诸同志尽一毫助力，——虽然通译的才能或者不足，然而始终有尺寸的功效，心安意逸；那时，那时，二月革命后克伦斯基还要确守协约国的"信约"，造俄罗斯成"战胜的帝国主义的民主共和国"；哼，何苦何苦！我在前敌以一小小的军官，一年多受尽德俄战线壕沟中的地狱生活，不论普通兵士了。于是布尔塞维克的传单如雨的飞下；"不用战争"，"和平与面包"，"不杀我们共同神圣的德奥劳动者，而各自去杀吸我们膏血的老爷们——资产阶级"……军心动摇，长官人人自危，"杀有高级军官肩章的……杀，……杀！"战事的继续，当然非常之困难了。步队已经完全不稳，于是发生有史以来第一的"大逮捕"；里德瓦战线，司令竟只得命马炮队一夜速行逮捕全数步兵八十万人。一队走完，又是一队，垂头丧气的也有，昂面漫骂的也有。——他说到此处，以手抚额，叹一口气又道：

——我辛苦艰难，"为人作嫁"，干什么？布尔塞维克的口号好："不用打仗，还乡，还乡！"我也道"还乡"为是。可是当时我们营里紊纷陡起，——凡有肩章的军官，一出自己的营，头就不见；他们决议，各兵士，反对帝国主义爱和平的旧日的农夫，奋起实行革命的口号，各人暂时不杀自己的长官，而相约互杀各人的长官——以免眼前吃亏。我那时想跑不得跑，心胆虚寒，呵，可怕可怕！幸而我兵士感爱我，一直保护到解散前敌时。……布尔塞维克解放了我的军役，始终解放了。……紊乱，紊乱，呵，可怕！那象现时得安坐喝茶呵！

革命怒潮的先声，那正是"天地青"的时候。革命赤日的遥光，那正是"晓霞"的散彩。群众的伟力，愈抵拒愈激厉；不如欢笑相迎。回念，回念，……预想，预想。

一月二十九日，秋白生日。我生的晓霞在此么？

四一　彼得之城

几十年前，发纵指使略夺东亚满洲的参谋本部——彼得之城，不意今日又成远东革命声浪留音之机。远东劳动大会开会式移在彼得堡。地底里殷洪的将来之声，虽则模糊隐约得很，——不知道"此何声也"？然而……伏耳远听……有么？

二百年来，一小小的村落，打渔晾网的农家，茅舍木屋；而今巍楼高耸，马路纵横。人类建筑的文化方就，赤色十月之后，暴露了半边的瘫病：物的关系将村落变成都市，而人的关系又几将商埠变成古迹。然而从历史的观点看来，始终如马克思所言：蜘蛛结网，野蜂营窝，虽则条埋井井，本能突显……然而人的构筑，胸中早有成竹，以此特异于昆虫[1]。彼得大帝竟构成了这"彼得之城"。从现代的观点看来，又见社会问题的根底，虽则"大十月"破碎那奴隶的铁网，殃及池鱼，然而群众的伟力，受着资本主义的铁箍束缚——封锁，都市黯黯无颜色，而仍能团结组织，在此一整理"人的机械"——苏维埃。

---

[1] 蜘蛛结网……以此特异于昆虫：《资本论》卷一。——作者注

帝国国会里,恢宏壮丽的建筑,百年前贵族院的遗制,伟大的议事厅,——今日的彼得城苏维埃议场内,那困厄无赖的"奴隶"——韩国人,游牧愚昧的"野蛮民族"——蒙古人,盗匪统治下的"不安分青年"——中国人,帝国主义工厂机器下的碎骨,"不爱国者"——日本人,个个都站到昔日提议东清铁路权利的议坛上去。在彼得城工人女工劳动者欢呼鼓掌之中,发惊人的洪声,遥震万里外的四千余年古国的"万里长城",隐隐的似闻回响。

满厅沉黯的灯光,赤色四射,东方人的语声,欢呼万岁,鼓掌喝采声,《国际歌》的乐声……

彼得城在莫斯科西北六百余里(俄里),已经到得寒带,夏日往往有所谓"白夜",整天不黑,冬天温度低到极点。我到此地,——其实出疗养院不久,忽然不得已而步行二里,呀,气压的重,寒气浸浸,彼得城的街市于我几等于水晶宫。幸而遇着一女友扶我徐行;——冷冷清清,满街差不多不见人影,——虽则新经济政策之下,也偶然见一家两家咖啡馆,始终因政治中心的南迁,通商事业刚开始,此地暂时只得冷静些,……一处两处略见铜像,高庙。

勉强行至国际旅馆,血痰又现。如此睡在屋中四五天,从此没再见细认彼得之城。

二月七日模糊梦寐中,有人把我运到莫斯科。

从此又入高山,——恬静规约的生活。

二月九日。

四二　俄雪

无可围抱的寰区
　　却披来缟素天衣无缝，
万千含孕的宇宙
剩得白茫茫一片奇梦。

　　俄雪，俄雪，
拿破仑禁不起裂天冻。
　　死寂，死寂，
好一似沉沦大陆，浑蒙。

　　鸟语隐地底，
　　绿意凝未动。
看！看，障于人与自然之间，
只有那黯云四匝寒芒涌。

俄罗斯的寒，令南国遄来的旅客，对他这冷淡的主人翁，常起奇异的感想。虽则"寒主人"十二分的殷勤，周旋揖让，反是冷气直喷，令人欲绝。况且严酷的雪影，惨淡的雪色，凄凄黯黯，白茫茫，浑漠漠，一年一百五十天不见天日。我，——江南花柳明媚中的产儿，怎不觉得，他——"俄雪"，是"我"与自然之间的屏障。

二月十三日。

四三　美人之声

革命的美人，世界名女伶美国人邓允（Duncan）[1]，新跳舞派的创造者，来赤色的俄国，愿意献身于革命的舞台。偶翻去年的旧报，有他一篇论"新艺术与群众"的文，他向苏维埃政府的呼声。——政府《新闻报》为之发表。

"我们现时的艺术时代，应当融洽于'生活'，不但不能后于生活一步，而且还当为人类描画'将来'的理想。我们现在很用不着《欧奈仁·沃纳琴》（普希金的名著，俄国向来流行的歌舞剧），或者我们明天还用着他，然而今天那种弱微的艺术，娱乐的艺术，观者的艺术，殊不当其时，不当其位。

"假使国内战争，封锁，饥荒之后，没有可能十分改善工人的生活状况，——也得给他以心灵的休息，驱他思想于'美'与'光明'。唉！资产阶级会使工人白天困顿工作于污秽的工厂——晚间飨以尘俗的电影

---

[1] 邓允：邓允去年来莫斯科约在十月间。——作者注

或酒铺。现在，我多困苦的经受之后，也得给他怡养于高尚的真正的伟大的艺术。……不给面包而给石块。现在都不少见这种恶象。那颂扬俄皇主义的旧'跳舞剧'（ballet），难道不还流行于莫斯科？'跳舞剧'的题目不适于我们今日的生活：情态的诱媚，英雄气概的短少。只要看一看跳舞剧中男子的身分就可见了。男子于此又不自然，又显女态，不过是'舞女'的副手，剧中的配角。实在男子于跳舞中很有他当显的'阳性'。

"我在跳舞艺术中的影响，二十年来，已及于各式跳舞术，我敢说现时跳舞者没有不无意之中采及我的理想。难道俄国的跳舞剧，近年来不正在大改良中，受我的理想的一种结果么？难道我立于一新跳舞派的领袖地位，不是正当的么？

"莫斯科中，必需建立一地方，可以令共产主义的，革命的理想，得一种艺术的表显——音乐，文词，动作。

"每一星期一次，大剧院当开放于人民群众，不收券费。政治，艺术，'美的新宗教'常在此奋发其呼声。每次先以政治的演说词，艺术论坛，然后继之以剧乐；当令革命意义的'谐奏乐'有所表见，——英雄气概，伟力与光明。

"观者在这种集会里，不会仅仅觉着自己是'观者'，和舞台分离不相关的。他能和自己的声音于音乐队里，他能与舞台上的演剧者，共同表显其革命的兴感于'群众的姿态'中。

"柏拉图就知道，音乐在群众中有多大的威权，他能与管理导率群众之助。然而尚未有一政府能懂得，以音乐之力可以感兴其见解理想及能力于人民群众之中。

"剧院之外，我还以为必须设一大厅，工人女工能每星期一入大剧院观新剧，他们的子女，可以天天到这大厅中受艺术化的教育。我可以养育这些儿童，固不论我的新跳舞派，也将施以教练。本年五月一日，我就可以实行庆祝一真正的'喜节'。

"父母常不知儿童所需。他们不教育子女倾向于新的理想新的生活。共产主义者的子女,弄来弄去,始终受着旧式的资产阶级的教育。这固然有关系于父母所处的实际生活状况。然儿童生于今日之时代,其实易于承受平等的观念。我所立学校中,他们可见万有平等。

"既会破坏旧的,请给儿童以新的!假使你要儿童懂得,什么是共产主义,什么是国际,你当现在就解放他们于资产教育及尘俗谬见之下。

"……我舍弃欧洲的舞台,那里本来艺术和市侩的商务相密系,假如到此仍演剧卖票于资产阶级的观者,未免辜负我心……"

二月十七日。

四四　阿弥陀佛

不用论断，
不用操心；
无知的寻求，
愚昧的评论。
日间之伤，
请以梦治；
明日之日，
自然能至。

生活，生活，
万千经受，
哀矣，乐矣，
宠辱时有。
何所愿望？

何为忧怫?

"日既夕矣",

阿弥陀佛!

　　　　　　　二月二十六日。

四五　新村

　　农民问题，如今在俄国革命之后，解决的趋向，和以前大不相同了。无产阶级革命没有农民的辅助，不能有尺寸功效，同时农民却是小资产阶级，——这是马克思主义者都知道的。"土地国有"之社会革命党党纲实行，俄布尔塞维克已经经过革命的第一期，可以转向第二期——无产的工人与小资产的农民间之协进，新经济政策。

　　农业会议近来屡次宣言土地国有的原则，而使用土地者的私有生产品权仍保存，——因农民小资产阶级的心理，在现实的世界中，不得不有此政策。资本主义中"最初积累"的发展，必定令农民为阶级的分化；国家工业的发达，必定一面吸收无产阶级化的农民，一面扩充财政，技术的影响于乡间，——相对的双方发展；在某一时期之后，引到非常剧烈的经济的阶级斗争——然后治者的无产阶级的胜利及西欧美洲的奋起，方渐创社会主义现实的基础。固然，俄罗斯革命的意义，不是这几字可尽，然而很可以明白：俄国不能成隔离的新村制，而是现实经济改造世界中之一部分。

　　虽然那资产阶级心理的几百万农民群众，令劳农政府不得不行新经济政策，对之让步；而俄国还有一种群众力：宗教的新村派。移居美国、加拿大的"圣灵否定派"（Duhoborstvo），稍采托尔斯泰主义，世界都闻名的。十九世纪八九十年时代，社会思想的反动，驱入宗教，非国教的基督教中，如托尔斯泰派，伯伯甫派，圣经派，多不胜数，受俄皇政府通缉，都跑到国外或荒僻的乡鄙去。这种运动也包围近百万人。十月革命之后，苏维埃政府，在农业上亦试用新村办法，设所谓"苏维埃经济"，生产协社，劳动协社等，宗派的新村，也开放自由。如今新经济政策既行，更证明小资产阶级心理的利害；所以近日农业会议后，又有一派宣传新村的，他的大意：

"共产党现在在乡间往往遇着极端冷淡态度，或竟厌恶极甚。农村经济的建设，大可赖'非共产党的共产主义者'——宗教的新村派，他们虽非马克思主义者，而信念深切，否认私有制度，已非资产阶级心理者。共产党影响因人厌恶而不能到的地方，宗教的新村派都可以到。况且去年农业人民委员会已有通告书于全世界的俄国宗教新村派，请他们回国更多设劳动协社，生产协社，……应当再特别奖励。"

"这亦是一群众，正可使他们在乡间与小资产阶级的心理对抗。资产阶级心理没有去的，有新经济政策开他们的道路，发展生产力。资产阶级心理已经去的，很可以使他们用公产的原则组织，养成共产主义的人生观……"

这亦是大海中一滴水呵……。

三月一日。

四六　海

人生涵大梦，——
　瀛海衍寰区，
夜来，浪声汹涌，
高潮拍岸狂驱。

天声遐迩：敦诚吾人，
　沙岸里，魔舟复生。
　狂澜四海，突卷将生意，
　入汪汪墨浪无垠。

天际明星燃，
隐隐窥深里；
浮浪四围高，
沉拍见无底。

三月十日。

四七　尧子河

清霜薄日,俄罗斯"寒春"的薄晨,雪影在朝阳之下晶映光莹。

瘦林朝气,清挹入肺腑,散步的人三三五五沿着小径,渐渐的行近高山疗养院的园后篱栅。篱栅有破隙处,行人中有一个,四周看了一看道:

——我们今天且破一次"医生独裁制"的法例,出这篱栅,逛一逛尧子河(Yauza)罢!

于是大家,都是喜欢犯罪的,穿过篱栅,出"高山苏维埃共和国"的边境。(自然没有护照,一笑。)

雪堤霜林,人家聚落四五,此地原来已是半乡半城的光景,晓烟依依导我们入桦林深处。走过一池沼,虽是春初,却还层冰坚冻。步行过冰上,到对岸,就可见一小沟,广不满二丈,沟中却已见水面,春冰薄薄,勉强倚持于岸雪。沿沟东去,一小桥短短,从此俯视沟中绿漪沉沉,无限春来的活意。

——你知道么?这就是尧子河。彼得大帝的第一只军舰,就在此小沟中试演的,沿此沟入莫斯科河,再下到波罗的海湾,而后起意迁都彼得堡的。

——呵，呵。不要小看他。这小小的一沟却是俄罗斯舰队的发源地呢。

——怎么？这样小的河，开什么军舰？小孩子玩的纸船，或者可以在此排得成舰队，……

——想必一世纪前，此地地面情形和现在不同。始终也亏他有这样努力。

一人末后又道：

"究竟莫斯科是一历史的城，有五六世纪的久远，到处我们都可以看得见古迹。比如基督救主庙，华西里庙，克莱摩宫，中国城，呀，多得很呢。就是我们的高山疗养院，也是很有名的意大利建筑家所构的，——嘉黎村王爵郡主的邸宅。你没听见过上一次的演讲么？——大约两星期前有莫斯科艺术家来此讲演这一邸宅的历史的。"

正谈着，一人突然说道：

——不用尽讲艺术了，快回去罢！等一会儿，我们"医学的警察"要来了……

三月十八日。

四八　新的现实

中国一九一一年以来，万里长城为怒潮所冲破，依稀的晓梦"初"回。满天飞舞的"新""主义""哲学""论"……无限，无限。

然而，中国二十世纪二十年代的一辈青年，刚处于社会思想史的"蜂腰时期"。有清一代对宋学的反动，汉学的今古文派，佛学派，到光绪末年——二十世纪之初，梁启超，刘申叔，章炳麟诸人后，突然中绝。从此时起，西欧日本新学说如潮的"乱流"湍入。东西文化区别界限之大，骤然迎受不及，皮相的居多：中国此时一辈青年，所受社会思想的训育可想而知；旧的"汉学考证法"，"印度因明学"，不知道；新的，西欧的科学方法，浮光掠影得很。同时经济状况的发展，新资产阶级发生，自然而然，自由派的民治派的思想勃起，浮浮掠过。他们的确知道"要"了，可是他们只知道"要"……要自由，要平等……"怎么样？""是什么？"蒋梦麟说"问题符号满天飞"，其实就因为问题符号只在飞，可见还不知道怎样设问，怎样摆这符号，何况答案！

再加以总原因：中国向来没有社会，因此也没有现代的社会科学。中国对社会现象向来是漠然的；现在突然间要他去解决"社会问题"，他从没有这一层经验习惯,一下手就慌乱了。从不知道科学方法,仅有热烈的主观的愿望,不会设问问及社会问题之人,置于社会现象之前,难怪他眼花撩乱。于是大多数所谓"群众的"青年思想,突然陷入于"孔子诛少正卯"的旋涡里,或者是"西洋的"亚里士多德的论理监狱里。——

"总解决与零解决","改良与革命","独裁主义与自由主义","放任主义与干涉主义","有政府主义与无政府主义",……"集权主义与分权主义",群性主义与个性主义,……彻底与妥协……如此无穷无尽,两相对待:"你们是反对分权主义的,那一定主张集权了"——"专制了"——不是这个,就一定是那个!头脑不妨如此简单,社会现象可不是如此简单!

我们假使除"要"之外,还有看"所要的"眼睛在,细细的带上克罗克眼镜看看清楚,我们就可以知道上述的许多"外国字",——西欧文字,对于中国人,实在难学难懂!——都是人造的抽象字,从社会生活里"抽出来的象";不是有了集权主义"四个中国字"才有集权制度的!"抽象名词爱"的青年当再进一步看看现实,那时才知道实际生活,社会生活中每每是"非集权非分权","非彻底非妥协","亦总解决,亦零解决"……现实是活的,一切一切主义都是生活中流出的,不是先立一理想的"主义",象中国写方块字似的一笔一笔描在白纸上去的。……"不是那个,就是这个"的"西洋"笨逻辑,东方人所笑的,现在自己学来了!

世界上不少资产阶级,世界上也不少布尔塞维克的仇敌。真正浸身于赤色的俄罗斯,才见现实的世界涌现;再听西洋的"评论家"笑骂共产党的主义[1]:"是马哈衣主义[2],是新军国主义,是巴枯宁主义,是拿

---

[1] 主义:这已经是"欧洲"的主义两字,虽是反对派,不过是浪漫派罢了;不像中国的简单。——作者注

[2] 马哈衣:马哈衣为俄工人运动史中之一派,绝对反对智识阶级。——作者注

破仑主义，"诚然不错，布尔塞维克是如此之派调，——在那一定的时期中。不在于拘守"主义"，死的抽象词；抽象名词爱的"思想家""学者"，一定要拿抽象名词做尺来量他们，也是无法！"或者象'……主义'罢！现在又成'自由主义'罢？"……不在于此！而在于现实社会问题的解决。

唯实的，历史的唯物论有现实的宇宙。无产阶级为自己利益，亦即为人类文化担负历史的使命。凡在现实世界中，为现实所要求以达这"新"使命的，则社会意识的表示者都不推辞：代表此一阶级的利益，保持发展人类文化。资产阶级文化已经破产。……亟起直追！现实世界中"奋斗之乐"，就是他的报酬。于现实生活，社会之动流中，须得实际的论证方法，那才走得人类文化史的一步。中国当代的青年！注意为是。……先知道中国"是什么？"然后说"怎么样？"……至于"我们""要什么？"且放在最后再说。

三月二十四日。

四九　生活

世界是现实的，人是活的。

生活是"动"，求静的动，然而永不及静的。正负两号在代数中是相消的，在生活中是相集的。进取工作，脑血筋力鼓动膨胀发展时，人觉积极的乐意，——是生活；疲惫怠荡弛缓时，人觉消极的休息，——是死灭。这第一式中虽相对，然而凡"一切动时一切生"。动而向上，动而向下，两端相应，积极消极都是动。所以欣然做工者，憩然休息者，忿然自杀者都在生活中。永不及静，是以永永的生活。

不动不生，又要不死不灭，不工作，不自杀，处于生与死两者之间，是不可能的。

既然如此，"动"而"活"，活而"现实"。现实的世界中，假使不死寂——不自杀，起而为协调的休息与工作，乃真正的生活。

"工作为工作"是无意味的，必定有所得。——其实"为工作的工作"固然有无上的价值，然而也不能说无所得，"动的乐意"即是所得。动的，工作的"所得"之积累联合，相协相合而成文化。文化为"动"——即生活的产儿。文化为"动"——即生活的现实。

所以：——为文化而工作，而动，而求静——故或积累，或灭杀，务令于人生的"梦"中，现现实的世界；凡是现实的都是活的，凡是活的都是现实的；新文化的动的工作，既然纯粹在现实的世界，现实世界中的工作者都在生活中，都是活的人。

三月二十日莫斯科高山疗养院。